Häa-net.com
哈福網路商城

Häa-net.com
哈福網路商城

精選1000句最簡單旅遊會話

到日本玩

自助旅行日語

朱讌欣　渡邊由里◎合著

哈福

很簡單，大膽說
7天前，赴日旅遊先修教材

現在到日本玩正是時候！

可是，很多人到日本玩，都有過下列經驗：看到喜歡的東西，不知如何殺價；面對精緻的日本料理，不知如何點餐；看到熙來攘往的車子，不知道坐哪一線；住進飯店，想叫個客房服務，不知從何叫起……等等苦惱，比手劃腳的日本之旅，會少掉很多遊興。

如果想要一個人自由自在，背著輕鬆的背包，到日本旅遊，看日本美景，嚐日本美食，結交日本朋友，採買、出差、投資、置產、談生意，能夠溜好日語，才能暢行日本。

因此，我們特地為愛好觀光旅行的朋友，設計現學現賣的日語好書，我們的特色是：

羅馬拼音對照－每個情境會話、句型、單字、文法解說上的日文，都有羅馬拼音，看著日文對照唸，不會日文，也能暢遊日本，聽MP3裡，日籍老師的東京標準發音，很快抓住音準，訓練一手好聽力。

簡單好學－每個單字、句型都是旅遊必備，簡單易懂，絕無難字，可以現學現用，省卻您寶貴的時間和精力。

活潑實用－〈實況會話練習〉生動活潑，切合實際旅遊需要，情境日語，赴日7天前，先惡補一下，馬上能派上用場，遇到日本人大膽開口說。

迷你解說－〈句型分析〉詳細解釋各句型的適用情形，避免語意不清；〈有可能這樣說・這樣問〉則針對主題基本例句加以變化，豐富您使用的語句及單字；〈挑戰與當地人對話〉更讓您有模擬與當地人對話的效果。

獨立自主的新新人類，喜歡行程個性化、自由化，但要玩得安全，玩出品質，則須有明確清楚的日語表達能力，再加上良好的行程規劃，保證盡興而歸。

到日本玩--自助旅行日語，讓您說出自信，得意玩日本，只要一書在手，不再羨慕別人，自己也可以做個邀遊扶桑四島的超級大玩家。

Contents

第四章   飯店往宿日語

第五章   用餐日語

第一章 基本表現日語

第二章 從登機到通關日語

第三章 問路、交通日語

第四章 飯店往宿日語

第五章 用餐日語

第六章 觀光必備日語

第七章 電話、郵局日語

第八章 上街購物日語

第九章 急難救命日語

第十章 準備回國

第一章
基本表現日語

第二章
從登機到通關日語

第三章
問路、交通日語

第四章
飯店住宿日語

第五章
用餐日語

第六章
觀光必備日語

第七章
電話、郵局日語

第八章
上街購物日語

第九章
急難救命日語

第十章
準備回國

日語假名羅馬拼音&日語發音對照表

平假名(ひらがな)

母音 / 子音	a	i	u	e	o
	あ a [a]	い i [i]	う u [u]	え e [e]	お o [o]
k	か ka [ka]	き ki [ki]	く ku [ku]	け ke [ke]	こ ko [ko]
s	さ sa [sa]	し shi [ʃi]	す su [su]	せ se [se]	そ so [so]
t	た ta [ta]	ち chi [tʃi]	つ tsu [tsu]	て te [te]	と to [to]
n	な na [na]	に ni [ɲi]	ぬ nu [nu]	ね ne [ne]	の no [no]
h	は ha [ha]	ひ hi [çi]	ふ fu [Fu]	へ he [he]	ほ ho [ho]
m	ま ma [ma]	み mi [mi]	む mu [mu]	め me [me]	も mo [mo]
j	や ya [ja]	い i [i]	ゆ yu [ju]	え e [e]	よ yu [jo]
r	ら ra [ɾa]	り ri [ri]	る ru [ru]	れ re [re]	ろ ro [ro]
w	わ wa [wa]	い i [i]	う u [u]	え e [e]	を o [o]
	ん n [n,m,ŋ]				

片假名(カタカナ)

母音 子音	a	i	u	e	o
	ア a [a]	イ i [i]	ウ u [u]	エ e [e]	オ o [o]
k	カ ka [ka]	キ ki [ki]	ク ku [ku]	ケ ke [ke]	コ ko [ko]
s	サ sa [sa]	シ shi [ʃi]	ス su [su]	セ se [se]	ソ so [so]
t	タ ta [ta]	チ chi [tʃi]	ツ tsu [tsu]	テ te [te]	ト to [to]
n	ナ na [na]	ニ ni [ɲi]	ヌ nu [nu]	ネ ne [ne]	ノ no [no]
h	ハ ha [ha]	ヒ hi [çi]	フ fu [Fu]	ヘ he [he]	ホ ho [ho]
m	マ ma [ma]	ミ mi [mi]	ム mu [mu]	メ me [me]	モ mo [mo]
j	ヤ ya [ja]	イ i [i]	ユ yu [ju]	エ e [e]	ヨ yo [jo]
r	ラ ra [ra]	リ ri [ri]	ル ru [ru]	レ re [re]	ロ ro [ro]
w	ワ wa [wa]	イ i [i]	ウ u [u]	エ e [e]	ヲ o [o]
	ン n [n,m,ŋ]				

9

▲平假名

母音	a	i	u	e	o
g	が ga [ga]	ぎ gi [gi]	ぐ gu [gu]	げ ge [ge]	ご go [go]
z	ざ za [dza]	じ ji [dʒi]	ず zu [dzu]	ぜ ze [dze]	ぞ zo [dzo]
子音 d	だ da [da]	ぢ ji [dʒi]	づ zu [dzu]	で de [de]	ど do [do]
b	ば ba [ba]	び bi [bi]	ぶ bu [bu]	べ be [be]	ぼ bo [bo]
p	ぱ pa [pa]	ぴ pi [pi]	ぷ pu [pu]	ぺ pe [pe]	ぽ po [po]

▲片假名

母音	a	i	u	e	o
g	ガ ga [ga]	ギ gi [gi]	グ gu [gu]	ゲ ge [ge]	ゴ go [go]
z	ザ za [dza]	ジ ji [dʒi]	ズ zu [dzu]	ゼ ze [dze]	ゾ zo [dzo]
子音 d	ダ da [da]	ヂ ji [dʒi]	ヅ zu [dzu]	デ de [de]	ド do [do]
b	バ ba [ba]	ビ bi [bi]	ブ bu [bu]	ベ be [be]	ボ bo [bo]
p	パ pa [pa]	ピ pi [pi]	プ pu [pu]	ペ pe [pe]	ポ po [po]

◎ 拗音

拗音			拗長音		
きゃ	きゅ	きょ	きゃあ	きゅう	きょう
しゃ	しゅ	しょ	しゃあ	しゅう	しょう
ちゃ	ちゅ	ちょ	ちゃあ	ちゅう	ちょう
にゃ	にゅ	にょ	にゃあ	にゅう	にょう
ひゃ	ひゅ	ひょ	ひゃあ	ひゅう	ひょう
みゃ	みゅ	みょ	みゃあ	みゅう	みょう
りゃ	りゅ	りょ	りゃあ	りゅう	りょう
ぎゃ	ぎゅ	ぎょ	ぎゃあ	ぎゅう	ぎょう
じゃ	じゅ	じょ	じゃあ	じゅう	じょう
ぢゃ	ぢゅ	ぢょ	ぢゃあ	ぢゅう	ぢょう
びゃ	びゅ	びょ	びゃあ	びゅう	びょう
ぴゃ	ぴゅ	ぴょ	ぴゃあ	ぴゅう	ぴょう

・促音〝つ〞（發音時，此字不發音，停頓一拍）
・長音（兩個母音重疊時拉長音）
・撥音〝ん〞（即鼻音）
・拗音（清音、濁音、半濁音的〝い〞段音和小寫偏右下的〝や〞
　〝ゆ〞〝よ〞合成一個音節）

第一章

基本表現日語

日常寒暄日語

實況會話練習 ①

A：おはようございます。
Ohayōgozaimasu.

B：おはようございます。
Ohayōgozaimasu.

A：いい天気^{てんき}ですね。
Ī tenki desu ne.

B：ええ。いい天気^{てんき}ですね。
Ē. Ī tenki desu ne.

A：早安。
B：早安。
A：天氣真好啊！
B：是啊，天氣真好啊！

第一章 基本表現日語

第二章 從登機到通關日語

第三章 問路、交通日語

第四章 飯店往宿日語

第五章 用餐日語

第六章 觀光必備日語

第七章 電話、郵局日語

第八章 上街購物日語

第九章 急難救命日語

第十章 準備回國

實況會話練習 ②

A：今日は楽しかったね。
Kyō wa raku shikatta ne.

B：ええ、ほんとに。
E e, hontoni.

A：じゃあ、また。
Jā, mata.

B：またあした。
Mata ashita.

A：今天玩得好開心啊！
B：是啊，真的。
A：那麼，再見。
B：明天見。

會話中常用問候句型

❖ おはよう。
Ohayō.
早安。

❖ こんばんは。
Konbanwa.
晚安。

❖ こんにちは。
Kon'nichiwa.
你好／日安。

❖ お元気ですか？
O genki desu ka?
你好嗎？

❖ お休みなさい
O kyū mi nasai.
晚安。

❖ さようなら。
Sayōnara.
再見。

❖ よろしく。
Yoroshiku.
請多多指教。

❖ 私は日本語があまりわかりません。
Watashi wa nihongo ga amari wakarimasen.
我不太會説日語。

❖ はい。
Hai.
是的。

❖ いいえ。
Īe.
不是。

❖ そうです。
Sōdesu.
是的。

第一章 基本表現日語
第二章 從登機到通關日語
第三章 問路、交通日語
第四章 飯店往宿日語
第五章 用餐日語
第六章 觀光必備日語
第七章 電話、郵局日語
第八章 上街購物日語
第九章 急難救命日語
第十章 準備回國

道謝、道歉

實況會話練習 ①

A：ここ、あいていますか？
Koko, aite imasu ka?

B：はい、どうぞ。
Hai, dōzo.

A：ありがとうございます。
Arigatōgozaimasu.

B：どういたしまして。
Dōitashimashite.

A：這裡有人坐嗎？
B：沒有，你請。
A：謝謝。
B：不客氣。

實況會話練習 ②

A：いった～い。
Itta ~ i.

B：すみません。大丈夫ですか？
Sumimasen. Daijōbu desu ka?

A：大丈夫です。気にしないでください。
Daijōbu desu. Ki ni shinaide kudasai.

B：本当にすみません。
Hontō ni sumimasen.

　　A：好痛喔！
　　B：對不起，你沒事吧？
　　A：沒事，請您別在意。
　　B：真的非常抱歉。

迷你說明

‧ 出外旅遊，日常寒暄可是練習日語最好的地方喔！例如，得到別人的幫忙，表示感謝就說：「ありがとうございます (Arigatōgozaimasu)」；相反地別人跟你道謝，就回答：「どういたしまして (Dōitashimashite)」。
‧ 自己有所失誤，不小心踩到別人的腳或無意地撞倒別人，說「すみません (Sumimasen)」表示道歉。

第一章 基本表現日語
第二章 從登機到通關日語
第三章 問路、交通日語
第四章 飯店往宿日語
第五章 用餐日語
第六章 觀光必備日語
第七章 電話、郵局日語
第八章 上街購物日語
第九章 急難救命日語
第十章 準備回國

ご親切は決して忘れません。 Goshinsetsu wa ketsu shite wasu remasen.	我絕不會忘記您對我的親切。
楽しかったです。 Tanoshikattadesu.	我非常開心。
ご遠慮なく。 Go enryo naku.	請別客氣。
ごめんなさい。 Gomen'nasai.	對不起。
かまいません。 Kamaimasen.	沒關係
大丈夫です。 Daijōbu desu.	沒問題、沒事。

補充詞庫

私	Watashi	我
彼	Kare	他
彼女	Kanojo	她
名前	Namae	姓名
(台湾) から	(Taiwan) kara	從（台灣）來
学生	Gakusei	學生

挑戰與當地人對話

(1)係 員：よかったら、これをどうぞ。
        Yokattara, kore o dōzo.
        如果你不介意的話，請用。

  あなた：ありがとうございます。
        Arigatōgozaimasu.
        謝謝。

(2)係 員：ありがとうございます。
        Arigatōgozaimasu.
        謝謝。

  あなた：どういたしまして。
        Dōitashimashite.
        不客氣。

(3)係 員：こちらは私の席ですが。
        Kochira wa watashi no seki desuga.
        這是我的位子。

  あなた：すみません。
        Sumimasen.
        對不起。

(4)係 員：ほんとうに大丈夫ですか？
        Hontō ni daijōbu desu ka?
        真的沒事嗎？

  あなた：気にしないでください。
        Ki ni shinaide kudasai.
        請不要在意。

第一章 基本表現日語
第二章 從登機到通關日語
第三章 問路、交通日語
第四章 飯店往宿日語
第五章 用餐日語
第六章 觀光必備日語
第七章 電話、郵局日語
第八章 上街購物日語
第九章 急難救命日語
第十章 準備回國

聽不懂對方的意思

實況會話練習 ①

A：ここをまっすぐ行けば、右にあります。

　　Koko o massugu i keba, migi ni arimasu.

B：もう一度言ってください。日本語は少ししか
　　話せません。

　　Mōichido gentte kudasai. Nihongo. wa sukoshi
　　shika hanasemasen.

A：ここをまっすぐ行けば、右にあります。

　　Koko o massugu ikeba, migi ni arimasu.

B：ありがとうございました。

　　Arigatōgozaimashita.

　　A：從這裡直走的話，就在右邊。
　　B：請您再說一遍，我只會說一點點日語。
　　A：從這裡直走的話，就在右邊。
　　B：謝謝。

實況會話練習 ②

A：あのう、日本語でいいですか？

Anou, nihongo de īdesu ka?

B：じゃあ、ここに書いてください。

Jā, koko ni kaite kudasai.

A：…。

B：よく意味がわかりません。どなたか、日本語を
話せませんか？

Yoku imi ga wakarimasen. Donata ka, ni hon go o
hanasemasen ka?

A：請問，說日語可以嗎？
B：那麼，請寫在這裡。
A：…（寫字中）。
B：我不太懂您的意思。請問，有會說日語的人嗎？

迷你說明

．聽不懂對方說什麼，就說：「もう一度いってください（Mōichido itte
kudasai)」，請對方再說一次。日本人講話很快，有時候又帶有地方口
音，像這樣原汁原味的日語一定會讓你很慌張。這時候別氣餒，請用本
單元的各種說法，告訴對方自己的困擾。日本人是很親切的，他們一定
會慢慢說的。

23

もっとゆっくり話してください。 Motto yukkuri wa nashite kudasai.	請再說慢一點。
やさしい日本語で話してください。 Yasashī ni hon go de hanashite kudasai.	請用簡單的日語說。
おっしゃる意味がわかりません。 Ossharu imi ga wakarimasen.	我聽不懂您說的意思。
漢字はどう書きますか？ Kanji wa dō kakimasu ka?	漢字怎麼寫？
日本語がわかりません。 Nihongo ga wakarimasen.	我不會說日語。
すみません、日本語はちょっと…。 Sumimasen, ni hon go wa chotto.	對不起，我不會說日語。

補充詞庫

見る	Mi ru	看
読む	Yomu	讀
書く	Kaku	寫
話す	Hanasu	說
聞く	Kiku	聽
説明する	Setsu mei suru	說明

挑戰與當地人對話

(1)係　員：ここから五分（ご ぶ）かかります。
　　　　　　Koko kara go bu kakarimasu.
　　　　　　從這裡去要花五分鐘的路程。

　あなた：もう一度（いち ど い）言ってください。
　　　　　　Mō ichido itte kudasai.
　　　　　　請再說一遍。

(2)係　員：日本語（に ほん ご）は大丈夫（だいじょう ぶ）ですか？
　　　　　　Ni hon go wa daijōbudesu ka?
　　　　　　你會說日語嗎？

　あなた：日本語（に ほん ご）は少し（すこ）しか話せ（はな）ません。
　　　　　　Ni hon go wa sukoshi shika hanasemasen.
　　　　　　我只會說一點日語。

(3)係　員：東京駅（とうきょうえき）で山手線（やまのてせん）に乗り（の）かえてください。
　　　　　　わかりましたか？
　　　　　　Tōkyoueki de yamanotesen ni norikaete kudasai.
　　　　　　Wakarimashita ka?
　　　　　　請您在東京車站換山手線，您了解了嗎？

　あなた：これに書い（か）てください。
　　　　　　Kore ni kaite kudasai.
　　　　　　請寫在這裡。

(4)係　員：これを持ち込（も こ）んだら困り（こま）ますよ。
　　　　　　Kore o mochikondara komarimasu yo.
　　　　　　這個東西是不行帶進來的。

　あなた：どなたか、中国語（ちゅうごくご）を話せ（はな）ませんか？
　　　　　　Donata ka, chi ~yuugokugowohanasemasenka?
　　　　　　有人會說中國話嗎？

第一章 基本表現日語
第二章 從登機到通關日語
第三章 問路、交通日語
第四章 飯店往宿日語
第五章 用餐日語
第六章 觀光必備日語
第七章 電話、郵局日語
第八章 上街購物日語
第九章 急難救命日語
第十章 準備回國

回答對方的問話

實況會話練習 ①

A：こちらはあなたの荷物ですか？
　　Kochira wa anata no nimotsu desu ka?

B：はい、そうです。
　　Hai,-sōdesu.

A：そちらは？
　　Sochira wa?

B：私のではありません。
　　Watashi node wa arimasen.

A：這是你的行李嗎？
B：嗯，是的。
A：那些呢？
B：不是我的。

實況會話練習 ②

A：これは百パーセント日本製ですよ。
ひゃくぱ　せんとにほんせい

Kore wa hyaku Pa pa sento sen to ni hon seidesu yo.

B：そうですか？

Sōdesu ka?

A：そうですよ。ほら、日本製と書いてあります
にほんせい　か
よ。

Sōdesu yo. Hora, ni hon sei to kaite arimasu yo.

B：私は日本製ではないと思います。
わたし　にほんせい　　　　　　　　おも

Watashi wa ni hon seide wa nai to omoimasu.

A：這是百分之百日本製的。
B：真的嗎？
A：真的，你看，上面寫著日本製呀。
B：我不認為它是日本製的。

迷你說明

· 回答對方「是的，對」，説「そうです（Sōdesu）」。通常為加強語氣前面還會再加上「はい（Hai）」（是的）。如果表示輕微的感動或驚訝，就説「そうですか（Sōdesu ka）」（是這樣啊！）。
· 日本人為了讓雙方的對話能更為順暢，並表示自己聽得很專心，常會附和對方的話題在對話中加上「本当ですか（Hontōdesuka）」（真的嗎）、「なるほど（Naruhodo）」（原來如此）、「それから（Sore kara）」（然後呢）。
本とう
你察覺到了嗎？有些人總讓人覺得很善解人意，這些人在聊天的時候，就知道如何在對話中去附和對方。能善用這些附和語，你就有機會交到日本朋友了喔。

第一章 基本表現日語

第二章 從登機到通關日語

第三章 問路、交通日語

第四章 飯店往宿日語

第五章 用餐日語

第六章 觀光必備日語

第七章 電話、郵局日語

第八章 上街購物日語

第九章 急難救命日語

第十章 準備回國

有可能這樣說・問

なるほど。 Naruhodo.	原來如此。
<ruby>本当<rt>ほんとう</rt></ruby>ですか？ Hontō desu ka?	真的嗎？
わかりました。 Wakarimashita.	我知道了。
いいえ、けっこうです。 Īe, kekkōdesu.	不，不用了。
たぶん。 Tabun.	大概吧。
いいです。 Īdesu.	不要。

補充詞庫

<ruby>好<rt>す</rt></ruby>き	Suki	喜歡
きらい	Kirai	不喜歡
<ruby>ダメ<rt>だ め</rt></ruby>	Dame	不行
ほっとく	Hottoku	置之不理
できる	Dekiru	可以
<ruby>思<rt>おも</rt></ruby>う	Omou	想

挑戰與當地人對話

(1)係　員：あなたは中国人ですか？
ちゅうごくじん
Anata wa chiyuugokujin desuka?
你是中國人嗎？

　　あなた：はい、そうです。
Hai,sōdesu.
是的，我是。

(2)係　員：王さんですか？
おう
Ōsan desu ka?
是王小姐嗎？

　　あなた：いいえ、ちがいます。
Īe, chigaimasu.
不，我不是。

(3)係　員：こちらは一番安いです。
いちばんやす
Kochira wa ichiban yasuidesu.
這是最便宜的。

　　あなた：そうですか。
Sōdesu ka.
是嗎？

(4)係　員：彼は日本人だと思います。
かれ　にほんじん　　おも
Kare wa ni honji nda to omoimasu.
我認為他是日本人。

　　あなた：私はそうは思いません。
わたし　　　　おも
Watashi wa sō wa omoimasen.
我不認為。

第一章 基本表現日語
第二章 從登機到通關日語
第三章 問路、交通日語
第四章 飯店往宿日語
第五章 用餐日語
第六章 觀光必備日語
第七章 電話、郵局日語
第八章 上街購物日語
第九章 急難救命日語
第十章 準備回國

要求、請求

實況會話練習 ①

A：メニューをお願いします。
Menyū o onegai shimasu.

B：はい、ただいま。
Hai, tadaima.

A：ケーキセットをください。
Kēkisetto o kudasai.

B：はい、かしこまりました。
Hai, kashikomarimashita.

A：麻煩給我菜單。
B：好的，馬上給您。
A：我要蛋糕套餐。
B：好的，我知道了。

實況會話練習 ②

A：あのう、ヒルトンはどこですか？
　　Anou, Hiruton wa dokodesu ka?

B：ここをまっすぐ行って、信号のところを左に…。
　　Koko o massugu itte, shin go u no tokoro o hidari ni.

A：すみません、これに書いてもらえませんか？
　　Sumimasen, kore ni kaite moraemasen ka?

B：いいですよ。
　　Īdesu yo.

A：對不起，請問希爾頓在哪裡？
B：從這裡直走，在紅綠燈的地方左轉…
A：對不起，可以請您寫在這裡嗎？
B：好的。

迷你說明

・向對方要求，用「~をください (O kudasai)」或「~をお願いします (O onegaishimasu)」。例如到餐廳點菜，或坐計程車就可以在想要的東西、想去的地方後面加上「~をください (O kudasai)」、「~をお願いします (O onegai shimasu)」。這個句型簡單吧！但如果省去不說，就讓人有不客氣、命令口氣的感覺了。要注意喔！

第一章 基本表現日語
第二章 從登機到通關日語
第三章 問路、交通日語
第四章 飯店住宿日語
第五章 用餐日語
第六章 觀光必備日語
第七章 電話、郵局日語
第八章 上街購物日語
第九章 急難救命日語
第十章 準備回國

ここ、座^{すわ}ってもかまいませんか？ Koko, suwatte mo kamaimasen ka?	這裡可以坐嗎？
持^もってくれませんか？ Motte kuremasen ka?	可以幫我拿嗎？
タバコを吸^すわないでください。 Tabako o suwanaide kudasai.	請不要抽菸。
タバコを吸^すってもいいですか？ Tabako o sutte mo īdesu ka?	可以抽菸嗎？
ちょっといいですか？ Chotto īdesu ka?	可以請教一下嗎？
ちょっと手伝^{てつだ}ってくれませんか？ Chotto tetsudatte kuremasen ka?	可以幫我一下嗎？

補充詞庫

ください	Kudasai	請
願^{ねが}う	Negau	希望
くれる	Kureru	請
呼^よぶ	Yobu	叫
ちょっと	Chotto	一點
調^{しら}べる	Shiraberu	查詢

挑戰與當地人對話

(1) 係　員：はい、なんでしょうか？
Hai,na ndeshou ka?
是，什麼事？

あなた：メニューをお願いします。
Me ni yu-o onegai shimasu.
可以給我菜單嗎？

(2) 係　員：なにになさいますか？
Nani ni nasaimasu ka?
您要點什麼呢？

あなた：コーヒーをください。
Kōhī o kudasai.
請給我咖啡。

(3) あなた：あのう、ヒルトンはどこですか？
Anou, Hiruton wa dokodesu ka?
對不起，請問希爾頓在哪裡？

係　員：はい。次の信号の左側にあります。
Hai. Tsugi no shin go u no hidari ga wani arimasu.
在下一個紅綠燈的左邊。

(4) あなた：すみません、これに書いてもらえませんか？
Sumimasen, kore ni kaite moraemasen ka?
對不起，可以寫在這裡嗎？

係　員：いいですよ。
Īdesu yo.
好的。

第一章 基本表現日語
第二章 從登機到通關日語
第三章 問路、交通日語
第四章 飯店往宿日語
第五章 用餐日語
第六章 觀光必備日語
第七章 電話、郵局日語
第八章 上街購物日語
第九章 急難救命日語
第十章 準備回國

第二章

從登機到通關日語

在機內

實況會話練習 ①

A：すみません。
Sumimasen.

B：はい、なんでしょうか？
Hai,na ndeshou ka?

A：水を一杯ください。
Mizu o ippai kudasai.

B：はい、いますぐ持ってまいります。
Hai, ima sugu motte mairimasu.

A：對不起。
B：是，什麼事？
A：請您給我一杯水。
B：好的，我馬上給您送來。

第一章 基本表現日語

第二章 從登機到通關日語

第三章 問路、交通日語

第四章 飯店往宿日語

第五章 用餐日語

第六章 觀光必備日語

第七章 電話、郵局日語

第八章 上街購物日語

第九章 急難救命日語

第十章 準備回國

實況會話練習 ②

A：すみません、気分が悪いのですが。
Sumimasen,ki bun ga warui nodesuga.

B：大丈夫ですか？
Daijōbudesu ka?

A：ええ、いつ到着しますか？
E e, itsu to uchi yakushimasuka?

B：三十分後です。
Sanji yuupungodesu.

A：對不起，我身體不舒服。
B：沒問題吧？
A：沒問題，什麼時候到達呢？
B：三十分鐘後。

迷你說明

· 要勞駕對方，請別人為你做什麼事的時候，説「すみません
(Sumimasen)」。「すみません (Sumimasen)」的意思有很多，可以相當
於中文的「勞駕、對不起、謝謝」等。

· 請求對方做什麼事的時候，你可以比較委婉地説「～てくれませんか
(Te kuremasen ka)」這個句型，前面接你要讓對方做的動作。

これはどこにおけばいいですか？ Kore wa doko ni okeba īdesu ka?	這個要放在哪裡呢？
この荷物を預かってくれませんか？ Kono ni motsu o azukatte kuremasen ka?	可以幫我保管這個行李嗎？
座席を替えていただけますか？ Zaseki o kaete itadakemasu ka?	可以換座位嗎？
トイレはどこですか？ To ire wa dokodesu ka?	廁所在哪裡？
通してくれませんか？ Tōshite kuremasen ka?	請讓我過一下。
吐き気がします。 Haki kegashimasu.	想吐。

補充詞庫

非常口	Hiji youguchi	緊急出口
座席番号	Zaseki ban gou	座位號碼
旅券	Ri yoken	護照
搭乗券	Tōji youken	登機證
枕	Makura	枕頭
毛布	Mo ufu	毛毯

第一章 基本表現日語

第二章 從登機到通關日語

第三章 問路、交通日語

第四章 飯店住宿日語

第五章 用餐日語

第六章 觀光必備日語

第七章 電話、郵局日語

第八章 上街購物日語

第九章 急難救命日語

第十章 準備回國

挑戰與當地人對話

(1) あなた：すみません。
Sumimasen.
對不起。

スチュワーデス：はい、なんでしょうか？
Hai,nan deshou ka?
是，什麼事？

(2) スチュワーデス：なにになさいますか？
Nani ni nasaimasu ka?
您需要什麼？

あなた：水を一杯ください。
Mizu o ippai kudasai.
請給我一杯水。

(3) スチュワーデス：どうかしましたか？
Dōka shimashita ka?
你怎麼了？

あなた：気分が悪いのですが。
Kibun ga warui nodesuga.
我覺得身體不舒服。

(4) あなた：いつ到着しますか？
Itsu touchi yaku shimasuka?
什麼時候到達呢？

スチュワーデス：五時ちょうどです。
Goji chōdodesu.
五點整。

7

入境審査

實況會話練習 ①

A：パスポートを見せて下さい。
Pasupōto o misete kudasai.

B：はい。
Hai.

A：旅行の目的は？
Ri yokounomokutekiha?

B：観光です。
Kankōdesu.

A：請讓我看你的護照。
B：好的。
A：你來的目的是什麼？
B：是觀光

實況會話練習 ②

A：日本語は大丈夫ですか？
Ni hon go wa daijōbudesu ka?

B：大丈夫です。
Daijōbudesu.

A：どのぐらい滞在する予定ですか？
Dono guraitai zai suru yo teidesu ka?

B：一週間です。
Ichi shū kandesu.

A：會説日語嗎？
B：會。
A：預定停留幾天？
B：一個禮拜。

第一章 基本表現日語
第二章 從登機到通關日語
第三章 問路、交通日語
第四章 飯店往宿日語
第五章 用餐日語
第六章 觀光必備日語
第七章 電話、郵局日語
第八章 上街購物日語
第九章 急難救命日語
第十章 準備回國

迷你說明

· 要求對方讓自己看什麼東西的時候，説「~て見せてください（Te miseteku dasai.）」，這句話相當於中文的「讓~看，給~看」。例如，到日本逛街購物，看到自己喜歡的東西，就跟店員説「あれを見せてください（Are o mi sete kudasai.）」，意思是「請拿那個給我看」。「あれ（Are）」也可以代換你所要的任何東西的名稱。

· 表示答應、同意就説「どうぞ（Dōzo）」。除了這個説法以外，它也有「請用」、「請進」的意思。例如「どうぞ、召し上がってください（Dōzo, me shi a gatte kudasai.）」（請用）、「どうぞ、お入りください（Dōzo, o hairi kudasai）」（請進）。

どこに泊まる予定ですか？ Doko ni tomaru yoteidesu ka?	預定住在哪裡？
そのカバンを開けてください。 Sono kaban o akete kudasai.	請您打開那個包包。
荷物はそれだけですか？ Nimotsu wa sore dakedesu ka?	你就這些行李嗎？
はい、けっこうです。 Hai, kekkōdesu.	好，好了。
入国カードをなくしました。 Nyūkoku ka do o nakushimashita.	我的入境卡片掉了。
入国カードを持っていません。 Nyūkoku ka do o motte imasen.	我沒有入境卡片。

補充詞庫

入国審査	Nyūkoku shinsa	入境審查
ビザ	biza	簽證
出入国カード	Shutsunyūkoku kādo	出入境卡片
検疫(けんえき)	Ken eki	檢役
宿泊	Yado haku	住宿
留学	Ryūgaku	留學

挑戰與當地人對話

(1)税　関：身分証明書を見せて下さい。
みぶんしょうめいしょ　み　くだ

Mibun shōmeisho o mi sete setekudasai.

請讓我看你的身份證。

あなた：はい、どうぞ。

Hai, dōzo.

好的，請。

(2)税　関：旅行の目的は？
りょこう　もくてき

Ryokō no mokuteki wa?

你來的目的是？

あなた：観光です。
かんこう

Kankō desu.

觀光。

(3)税　関：どのぐらい滞在する予定ですか？
たいざい　よてい

Dono gurai taizai suru yoteidesu ka?

預定停留幾天？

あなた：一週間です。
いちしゅうかん

Isshūkan desu.

一個禮拜。

(4)税　関：入国カードは？
にゅうこく　か　ど

Niūkoku ka- do wa?

你的入境卡片呢？

あなた：すみません、よくわかりません。

Sumimasen, yoku wakarimasen.

對不起，我聽不懂。

第一章 基本表現日語

第二章 從登機到通關日語

第三章 問路、交通日語

第四章 飯店往宿日語

第五章 用餐日語

第六章 觀光必備日語

第七章 電話、郵局日語

第八章 上街購物日語

第九章 急難救命日語

第十章 準備回國

找不到行李

實況會話練習 ①

A：どうかしましたか？
Dōka shimashita ka?

B：私の荷物が見つかりません。
Watashi no nimotsu ga mi tsukarimasen.

A：タグは持っていますか？
Tagu wa ji tte imasu ka?

B：はい、これです。
Hai, koredesu.

A：你怎麼了？
B：我找不到我的行李。
A：你有存根嗎？
B：有，在這裡。

實況會話練習 ②

A：あなたの荷物の特徴は？
Anata no nimotsu no tokuchō wa?

B：大きな革のスーツケースです。
Ō kina kawa no sūtsukēsudesu.

A：色は？
Iro wa?

B：茶色です。
Chairo desu.

A：你的行李有什麼特徵嗎？
B：是一個很大的皮製行李箱。
A：什麼顏色的？
B：褐色的。

迷你說明

・ 看人家很慌張、不知所措的時候，問他怎麼了？發生什麼事了？就說
「どうかしましたか（Dōka shimashita ka）」。
・ 問別人什麼什麼在哪裡？說「~はどこですか（Wa dokodesu ka）」。
「どこ（Doko）」是詢問場所的疑問詞，「~はどこですか（Wa dokodesu
ka）」這個句型時常使用，要好好記住喔！有事沒事就找個日本人問
問，聽不懂也沒關係，只要多聽幾次，一定能聽得懂的。

第一章 基本表現日語
第二章 從登機到通關日語
第三章 問路、交通日語
第四章 飯店住宿日語
第五章 用餐日語
第六章 觀光必備日語
第七章 電話、郵局日語
第八章 上街購物日語
第九章 急難救命日語
第十章 準備回國

タグを見せてください。 Tagu o mi sete kudasai.	請讓我看你的存根。
私の荷物を探してください。 Watashi no nimotsu o saga shite kudasai.	請幫我找我的行李。
日本アジア航空のカウンターはどこですか？ Nihon aji a kōkū no kauntā wa dokodesu ka?	日本亞細亞航空的櫃台在哪裡？
調べてもらえませんか？ Shira bete moraemasen ka?	可以幫我查查看嗎？
どのぐらい待てばいいですか？ Dono gurai machi teba īdesu ka?	要等多久呢？
あれは私の荷物です。 Are wa watashi no nimotsu desu.	那是我的行李。

補充詞庫

フライトナンバー（便名）	Furaitonanbā	飛行班次
受け取る	U ke to to ru	受理
手荷物	Tenimotsu	手提行李
カバン	Kaban	袋子
リュック	Ryukku	背包
教える	Oshieru	教、告訴

挑戰與當地人對話

(1)係　員：どうしましたか？
　　　　　　Dō shimashita ka?
　　　　　　你怎麼了？

　　あなた：私の荷物が見つかりません。
　　　　　　Watashi no nimotsu ga mi tsukarimasen.
　　　　　　我找不到我的行李。

(2)係　員：証明できるものはありますか？
　　　　　　Shōmei dekiru mono wa arimasu ka?
　　　　　　有沒有可以證明的東西？

　　あなた：はい、これです。
　　　　　　Hai, koredesu.
　　　　　　有，這個。

(3)係　員：どんな特徴がありますか？
　　　　　　Don'na tokuchō ga arimasu ka?
　　　　　　有什麼樣的特徵呢？

　　あなた：大きな革のスーツケースです。
　　　　　　Ō kina kawa no sūtsukēsudesu.
　　　　　　是一個很大的皮製行李箱。

(4)係　員：どんな色のスーツケースですか？
　　　　　　Don'na iro no sūtsukēsudesu ka?
　　　　　　是什麼顏色的行李箱？

　　あなた：茶色です。
　　　　　　Chairo desu.
　　　　　　褐色的。

第一章 基本表現日語
第二章 從登機到通關日語
第三章 問路、交通日語
第四章 飯店住宿日語
第五章 用餐日語
第六章 觀光必備日語
第七章 電話、郵局日語
第八章 上街購物日語
第九章 急難救命日語
第十章 準備回國

實況會話練習 ①

A：申告するものはありますか？
　　Shinkoku suru mono wa arimasu ka?

B：ありません。
　　Arimasen.

A：バッグの中はなんですか？
　　Baggu no naka wa nandesu ka?

B：身の回り品です。
　　Mi no mawari hin desu.

A：有沒有需要申報的東西？
B：沒有。
A：袋子裡放了什麼東西？
B：日常用品。

實況會話練習 2

A：これはなんですか？
Korehana nan desuka?

B：友人へのお土産です。
Yūjin e no o miyage desu.

A：このカメラは？
Kono kamera wa?

B：私が使っているものです。
Watashi ga tsuka tte iru monodesu.

A：這是什麼？
B：給朋友的禮物。
A：這部照相機呢？
B：是我自己用的。

迷你說明

・ 問別人這是什麼？説「これは何ですか（Korehanandesuka）」。好不容易一趟日本自助旅遊，就要好好表現了。只要一逮到機會，就跟當地人聊聊。所以光是「ありがとう（Arigatō）」，「すみません（Sumimasen）」是不夠的，老是「はい（Hai）」「いいえ（Ie）」也沒趣。想打開話匣子必須化被動為主動，擺出攻擊的姿態。這時候「これは何ですか（Korehanandesuka）」就可以派上用場了。

第一章 基本表現日語
第二章 從登機到通關日語
第三章 問路、交通日語
第四章 飯店往宿日語
第五章 用餐日語
第六章 觀光必備日語
第七章 電話、郵局日語
第八章 上街購物日語
第九章 急難救命日語
第十章 準備回國

このバッグにはなにが入っていますか？ Kono baggu ni wa nani ga haitte imasu ka?	這個袋子裡放了什麼東西？
これを開けてください。 Kore o Hiraki kete kudasai.	請打開這個。
これは申告しなければなりませんか？ Kore wa shinkoku shinakereba narimasen ka?	這個一定要申報嗎？
税金はどこで払いますか？ Zeikin wa doko de hara imasu ka?	在哪裡付關稅？
ドルで払ってもいいですか？ Doru de haratte mo īdesu ka?	可以用美金付款嗎？
よいご旅行を。 Yoi go ryokō o.	祝你旅途愉快。

補充詞庫

通過申告	Tsūka shinkoku	通關申報
携帯品申告書	Keitai-hin shinkoku-sho	攜帶物品申報書
免税品	Menzei-hin	免税品
ワンカートン	Wankāton	一條（香菸）
ビデオカメラ	Bideokamera	錄放攝影機
禁止品	Kinshi-hin	違禁品

挑戰與當地人對話

(1)税　関：申告するものはありますか？
　　　　　　Shinkoku suru mono wa arimasu ka?
　　　　　　有沒有需要申報的東西？

　　あなた：ありません。
　　　　　　Arimasen.
　　　　　　沒有。

(2)税　関：これはなんですか？
　　　　　　Korehana ndesu ka?
　　　　　　這是什麼？

　　あなた：身の回り品です。
　　　　　　Mi no mawari ri hin desu.
　　　　　　日常用品。

(3)税　関：中はなんですか？
　　　　　　Naka wa nandesu ka?
　　　　　　裡面是什麼東西？

　　あなた：友人へのお土産です。
　　　　　　Yūjin e no omiyage desu.
　　　　　　給朋友的禮物。

(4)税　関：それはカメラでしょう？
　　　　　　Sore wa kamera deshou?
　　　　　　那是部照相機吧？

　　あなた：はい、このカメラは私が使っているものです。
　　　　　　Hai, kono kamera wa watashi gai tsukatte iru
　　　　　　monodesu.
　　　　　　是的，這部照相機是我自己用的。

第一章 基本表現日語
第二章 從登機到通關日語
第三章 問路、交通日語
第四章 飯店往宿日語
第五章 用餐日語
第六章 觀光必備日語
第七章 電話、郵局日語
第八章 上街購物日語
第九章 急難救命日語
第十章 準備回國

我要換錢

實況會話練習 ①

A：<ruby>両替所<rt>りょうがえじょ</rt></ruby>はどこにありますか？

Ryōgaejo wa doko ni arimasu ka?

B：あそこに<ruby>銀行<rt>ぎんこう</rt></ruby>があります。

Asoko ni ginkō ga arimasu.

A：いま、<ruby>銀行<rt>ぎんこう</rt></ruby>はあいていますか？

Ima, ginkō wa aite imasu ka?

B：あいてると<ruby>思<rt>おも</rt></ruby>います。

Ai teruto omo imasu.

A：換錢的地方在哪裡？
B：那裡有家銀行。
A：現在銀行有開嗎？
B：我想應該有開吧！

第一章 基本表現日語

第二章 從登機到通關日語

第三章 問路、交通日語

第四章 飯店往宿日語

第五章 用餐日語

第六章 觀光必備日語

第七章 電話、郵局日語

第八章 上街購物日語

第九章 急難救命日語

第十章 準備回國

實況會話練習 ②

A：日本円に換(か)えてください。
Nihonen ni kaete kudasai.

B：はい、かしこまりました。
Hai, kashiko marimashita.

A：小銭をまぜてください。
Kozeni o mazete kudasai.

B：わかりました。
Wakarimashita.

　　A：請幫我換成日幣。
　　B：好，我知道了。
　　A：請換一些零錢。
　　B：好的。

迷你說明

旅遊最常碰到的就是問路了，問路的說法可要牢牢記住喔！詢問地點除
了「~はどこですか (Wa dokodesu ka)」之外， 也可以說「~はどこにあ
りますか(Wa doko ni arimasu ka)」。這兩個句型都是問話的人，確定對
方知道你要問的地點在哪兒的說法。如果問話的人不知道附近有沒有
你要去的地方，就說「この辺は~ありますか？(Kono hen wa ～ arimasu
ka?)」（這附近有～嗎？）。

53

すみません、お金を換えたいのですが。 Sumimasen, okane o ka etai no desuga.	對不起，我想換錢。
日本円に両替してください。 Nihon'en ni ryōgae shite kudasai.	請你換成日幣。
今日のレートはどのぐらいですか？ Kyō no rēto wa dono guraidesu ka?	今天的匯率是多少呢？
日本円の為替レートはどうですか？ Nihon'en no kawase rēto wa dōdesu ka?	日幣的匯率怎麼樣？
お札だけでお願いします。 Osatsu dake de o negai shimasu.	麻煩你給我紙幣就好。
小銭だけにしてください。 Kozeni dake ni shite kudasai.	請你給我零錢就好。

補充詞庫

ドル	Doru	美金
外貨	Gaika	外匯
両替	ryō ga e	換錢
為替レート	Kawase rēto	匯率
トラベラーズチェック	Toraberāzuchekku	旅行支票
ニュー台湾ドル	Nyū Taiwan doru	台幣

挑戰與當地人對話

(1)あなた：両替所はどこにありますか？
　　　　　Ryōgaejo wa doko ni arimasu ka?
　　　　　換錢的地方在哪裡？

　係　員：あそこに銀行があります。
　　　　　Asoko ni ginkō ga arimasu.
　　　　　那裡有家銀行。

(2)あなた：いま、銀行はあいていますか？
　　　　　Ima, ginkō wa aite imasu ka?
　　　　　現在銀行有開嗎？

　係　員：はい、あいています。
　　　　　Hai, aite imasu.
　　　　　有，有開。

(3)係　員：次の方、どうぞ。
　　　　　Tsugi no hō, dōzo.
　　　　　下一位請。

　あなた：日本円に換えてください。
　　　　　Nihon en ni ka ete kudasai.
　　　　　請你換成日幣。

(4)係　員：お札だけでよろしいでしょうか？
　　　　　Osatsu dakede yoroshī deshou ka?
　　　　　只有紙鈔可以嗎？

　あなた：いいえ、小銭もまぜてください。
　　　　　Īe, kozeni mo mazete kudasai.
　　　　　不，加一些零錢。

第一章 基本表現日語
第二章 從登機到通關日語
第三章 問路、交通日語
第四章 飯店住宿日語
第五章 用餐日語
第六章 觀光必備日語
第七章 電話、郵局日語
第八章 上街購物日語
第九章 急難救命日語
第十章 準備回國

11

從機場到飯店

實況會話練習 ①

A：ワシントンホテル
　まで一枚ください。
<ruby>一枚<rt>いちまい</rt></ruby>

Washinton hoteru made
ichimaikudasai.

B：かしこまりました。

Kashikomarimashita.

A：いくらですか？

Ikuradesu ka?

B：2900円です。
<ruby>円<rt>えん</rt></ruby>

Ni sen kyū hyaku en desu.

A：請給我一張到華盛頓飯店的車票。
B：好的。
A：多少錢呢？
B：二千九百日幣。

第一章 基本表現日語

第二章 從登機到通關日語

第三章 問路、交通日語

第四章 飯店住宿日語

第五章 用餐日語

第六章 觀光必備日語

第七章 電話、郵局日語

第八章 上街購物日語

第九章 急難救命日語

第十章 準備回國

實況會話練習 ②

A：リムジンバスの乗り場はどこですか？

Rimujin basu no-jō no ri ba wa dokodesu ka?

B：そちらの出口を出て、左側にあります。

Sochira no deguchi o de te, hidarigawa ni arimasu.

A：ワシントンホテルまで行きたいのですが。

Washinton hoterumade i kitai nodesuga.

B：2番乗り場になります。

2 ban no ri ba ni narimasu.

A：機場巴士的乘車處在哪裡？
B：走出那個出口，在左邊。
A：我想去華盛頓飯店。
B：在二號乘車處。

迷你說明

・問路的時候，説「～（まで或に）行きたいのですが（(Made或ni) ikitai nodesuga)」。「～のですが (Nodesuga)」表示下面談話的前提，就是下面還有話要説，或是只説這麼一句，讓對方意會自己接下來的意思。在日語中，詢問別人或請別人幫忙時，只要説一個前提，如：「～（まで或に）行きたいのですが（(Made或ni) ikitai nodesuga)」並不需要直接説出「～はどこにありますか (Wa doko ni arimasu ka)」，對方就知道你的意圖是要問路。這是一種間接、委婉的請求説法。

都内へ行くバスはありますか？ Tonai e i ku basu wa arimasu ka?	有沒有往都內的公車？
都内までのバスはいくらですか？ Tonai made no basu wa ikuradesu ka?	到都內的公車車票多少錢？
ホテルリストはありますか？ Hoteru risuto wa arimasu ka?	有沒有飯店的名單？
ワシントンホテルはどう行けばいいですか？ Washinton hoteru wa dō i keba īdesu ka?	華盛頓飯店怎麼去好呢？
観光案内所はどこですか？ Kankōan'naijo wa dokodesu ka?	觀光服務中心在哪裏？
リムジンの乗り場はどこですか？ Rimujin no-jō no ri ba wa dokodesu ka?	機場巴士的搭乘處在哪裡？

補充詞庫

出発時間	Shuppatsu jikan	出發時間
到着時間	Itaru chaku ji kan	到達時間
とまる	Tomaru	停
何時	itsuji	幾點？
チケット売場	Chiketto uriba	售票處
買う	ka u	買

挑戰與當地人對話

(1)駅　員：お客様、どこまでですか？
　　　　　　Okyakusama, doko madedesu ka?
　　　　　　先生，你要去哪裡？

　　あなた：ワシントンホテルまで一枚ください。
　　　　　　Washinton hoteru made ichimai kudasai.
　　　　　　請給我一張到華盛頓飯店的車票。

(2)あなた：いくらですか？
　　　　　　Ikuradesu ka?
　　　　　　多少錢？

　　駅　員：1400円になります。
　　　　　　Ichi sen shi hyaku en ni narimasu.
　　　　　　一千四百日幣。

(3)あなた：リムジンバスの乗り場はどこですか？
　　　　　　Rimujin basu no ri ba wa dokodesu ka?
　　　　　　機場巴士的乘車處在哪裡？

　　係　員：出口の左側にございます。
　　　　　　Deguchi no hidarigawa ni gozaimasu.
　　　　　　在出口的左邊。

(4)あなた：ワシントンホテルまで行きたいのですが。
　　　　　　Washinton hoterumade i kitai nodesuga.
　　　　　　我想到華盛頓飯店。

　　係　員：では、3番乗り場からお乗り下さい。
　　　　　　Dewa, San-ban no ri ba kara o no ri kuda sai.
　　　　　　那麼請您到三號的乘車處搭車吧！

第一章 基本表現日語
第二章 從登機到通關日語
第三章 問路、交通日語
第四章 飯店往宿日語
第五章 用餐日語
第六章 觀光必備日語
第七章 電話、郵局日語
第八章 上街購物日語
第九章 急難救命日語
第十章 準備回國

第三章

問路、交通日語

12

請問澀谷車站在哪裡

實況會話練習 ①

A：あのう、すみません。
Anou, sumimasen.

B：はい、なんでしょうか？
Hai,na ndeshou ka?

A：<ruby>渋谷駅<rt>しぶやえき</rt></ruby>はどこですか？
Shibuya eki wa dokodesu ka?

B：あそこです。
Asokodesu.

A：對不起。
B：是，什麼事？
A：澀谷車站在哪裡？
B：在那裡。

第一章 基本表現日語

第二章 從登機到通關日語

第三章 問路、交通日語

第四章 飯店往宿日語

第五章 用餐日語

第六章 觀光必備日語

第七章 電話、郵局日語

第八章 上街購物日語

第九章 急難救命日語

第十章 準備回國

實況會話練習 ②

A：１０９に行きたいのですが。

Ichi maro kyū Ni i kitai nodesuga.

B：１０９ですか。この道の左側にあります。

Ichi maro kyū ka. Kono michi no hidarigawa ni arimasu.

A：そうですか。ありがとうございました。

Sōdesu ka. Arigatōgozaimashita.

B：どういたしまして。

Dōitashimashite.

A：我想去109百貨公司。

B：109嗎？就在這條路的左邊。

A：是嗎？謝謝您。

B：不客氣。

迷你說明

・要問別人事情，總不能突然就冒出問題來吧！要先叫住對方，讓對方注意你，這時候日語就說「あのう（Anou）」。「あのう（Anou）」除了用在招呼人，也可以用在說話有點猶豫，沒有辦法馬上說出來的時候。相當於中文的「嗯！啊！」。也說成「あの(Anou)」。

ちょっとお聞きしてもいいですか？ Chotto o ki shite mo īdesu ka?	可以請問一下嗎？
ちょっと聞いてもよろしいですか？ Chotto ki ite mo yoroshīdesu ka?	可以請問一下嗎？
そこまで何分かかりますか？ Soko made nanbun kakarimasu ka?	要花幾分鐘到那裡？
なにか目印はありますか？ Nanika mejirushi wa arimasu ka?	有什麼比較醒目的目標呢？
右へ曲がりますか？左へ曲がりますか？ Migi e ma garimasu ka? Hidari e ma garimasu ka?	是右轉？還是左轉？
ここまで行きたいのですが。 Koko made i kitai nodesuga.	我想到這裡去。

補充詞庫

左側	Hidari ga wa	左邊
右側	Migi ga wa	右邊
となり	Tonari	隔壁
まん前	Ma n mae	正前方
真後ろ	Ma ushi ro	正後方
つきあたり	Tsukiatari	盡頭

挑戰與當地人對話

(1)あなた：あのう、すみません。
Anou,sumimasen.
對不起。

係　員：はい、なんですか？
Hai,nandesuka?
是，什麼事？

(2)あなた：渋谷駅はどこですか？
Shibuya-ekiwadokodesuka?
澀谷車站在哪裡？

係　員：そのビルのとなりです。
Sonobirunotonaridesu.
在那棟建築物的隔壁。

(3)あなた：109に行きたいのですが。
109niikitainodesuga.
我想去109商場。

係　員：109なら、すぐそこですよ。
109nara,sugusokodesuyo.
109，就在那裡哦！

(4)あなた：そうですか。ありがとうございました。
Sōdesuka.Arigatōgozaimashita.
是嗎？謝謝。

係　員：どういたしまして。
Dōitashimashite.
不客氣。

第一章 基本表現日語
第二章 從登機到通關日語
第三章 問路、交通日語
第四章 飯店住宿日語
第五章 用餐日語
第六章 觀光必備日語
第七章 電話、郵局日語
第八章 上街購物日語
第九章 急難救命日語
第十章 準備回國

13

叫計程車

實況會話練習 ①

A：タクシー。
　　Takushī.

B：どちらまでですか？
　　Dochira madedesu ka?

A：東京駅までお願いします。
　　Tōkyō eki made o nega i shimasu.

B：かしこまりました。
　　Kashikomarimashita.

　　A：計程車。
　　B：您到哪裡？
　　A：麻煩您，我到東京車站。
　　B：好的。

第一章 基本表現日語

第二章 從登機到通關日語

第三章 問路、交通日語

第四章 飯店往宿日語

第五章 用餐日語

第六章 觀光必備日語

第七章 電話、郵局日語

第八章 上街購物日語

第九章 急難救命日語

第十章 準備回國

實況會話練習 ②

A：ここで止めてください。
Koko de ya mete kudasai.

B：かしこまりました。
Kashikomarimashita.

A：いくらですか？
Ikuradesu ka?

B：2400円でございます。
Ni sen shi hyaku en dego zaimasu.

    A：請您在這裡停車。
    B：好的。
    A：多少錢？
    B：二千四百日幣。

迷你說明

‧「どこ（Doko）」比較有禮貌的說法是「どちら（Dochira）」。雖然日本人幾乎認不出我們是外國人，但只要一開口，日本人馬上就知道你是外國人（日文很溜的除外），所以百分之八十以上的日本人大都會問你「どちらから来ましたか（Dochira kara kimashita ka）」（您是從哪兒來的？）。對初見面的人日本人都很有禮貌的。這句話是問你的國籍、出生地。而回答這句話很簡單只要在「~から来ました（Karakimashita）」前面接自己的國籍就好了。

タクシー乗り場はどこですか？ Takushī no ri ba wa dokodesu ka?	計程車的乘車處在哪裡？
タクシーはどこで拾えますか？ Takushī wa doko de hiro emasu ka?	在哪裡可以叫到計程車呢？
そこまで何分ぐらいかかりますか？ Soko made nanbun gurai kakarimasu ka?	要花幾分鐘到哪裡？
ここでちょっと待っていてください。すぐ戻ってきます。 Koko de chotto ma tte ite kudasai. Sugu modotte kimasu.	請您在這裡等一下，馬上回來。
急いでください。 Iso ide kudasai.	請您開快一點。
料金がメーターと違いますが。 Ryōkin ga mētā to chi ga imasuga.	價錢和碼錶不合。

補充詞庫

メーター	Mētā	碼錶
領収書	Ryōshū-sho	收據
ゆっくり	Yukkuri	慢
走る	Hashi ru	跑
急ぐ	iso gu	急忙
曲がる	Ma garu	轉彎

挑戰與當地人對話

(1)あなた：タクシー。
　　　　　　Takushī.
　　　　　　計程車。

　　運転手：どうぞ。
　　　　　　Dōzo.
　　　　　　請。

(2)運転手：どこまでですか？
　　　　　　Dokomadedesuka?
　　　　　　您到哪裏？

　　あなた：東京駅までお願いします。
　　　　　　Tōkyōekimadeonegaishimasu.
　　　　　　麻煩到東京車站。

(3)あなた：ここで止めてください。
　　　　　　Kokodeyametekudasai.
　　　　　　請在這裡停車。

　　運転手：ここでよろしいですか？
　　　　　　Kokodeyoroshīdesuka?
　　　　　　這裡停可以嗎？

(4)あなた：いくらですか？
　　　　　　Ikuradesuka?
　　　　　　多少錢？

　　運転手：ちょうど千円になります。
　　　　　　hōdosenenninarimasu.
　　　　　　剛好一千日幣。

第一章　基本表現日語
第二章　從登機到通關日語
第三章　問路、交通日語
第四章　飯店往宿日語
第五章　用餐日語
第六章　觀光必備日語
第七章　電話、郵局日語
第八章　上街購物日語
第九章　急難救命日語
第十章　準備回國

14

坐電車、地鐵

實況會話練習 ①

A：この電車は新宿に止まりますか？
Kono densha wa Shinjuku ni to marimasu ka?

B：いいえ、渋谷で山手線に乗り換えてください。
Īe, shibuya de Yamanotesen ni nori Ka ete kudasai.

A：渋谷で乗り換えるんですね。
Shibuya nori ka eru ndesu ne.

B：はい、そうです。
Hai, sōdesu.

A：這班電車在新宿有停嗎？
B：沒有。請在澀谷換山手線。
A：在澀谷換車對嗎？
B：是的。

第一章
基本表現日語

第二章
從登機到通關日語

第三章
問路、交通日語

第四章
飯店往宿日語

第五章
用餐日語

第六章
觀光必備日語

第七章
電話、郵局日語

第八章
上街購物日語

第九章
急難救命日語

第十章
準備回國

實況會話練習 ②

A：すみません、ここはどこですか？

Sumimasen, koko wa dokodesu ka?

B：ここは原宿<ruby>原宿<rt>はらじゅく</rt></ruby>です。

Koko wa harajiyuku desu.

A：代々木<ruby><rt>よ よ ぎ</rt></ruby>で降<ruby><rt>お</rt></ruby>りたいのですが。

Yoyogi de o ritai nodesuga.

B：代々木<ruby><rt>よ よ ぎ</rt></ruby>は次<ruby><rt>つぎ</rt></ruby>です。

Yoyogi wa tsugi desu.

A：對不起，這裡是哪裏？
B：這裡是原宿。
A：我想在代代木下車。
B：代代木是下一站。

迷你說明

· 環繞日本東京市中心的環狀電車叫「山手線」。雖然「山」念「やま (Ya ma)」，「手」念「て (Te)」，而「線」念「せん (Sen)」。但是三個字合起來要念「やまのてせん (Ya ma note sen)」喔。到東京這一條電車線是絕不可錯過的，它的每一站都是一個景點呢。

· 電車是日本不可或缺的代步工具，而日本的電車、地鐵縱橫交錯。所以一個人漫步東京，一定要知道怎麼坐車、怎麼換車。換車日語叫「乗り換え(no ri ka e)」，動詞是「乗り換える (no ri ka eru)」。

71

駅<ruby>えき</ruby>はどこですか？ Eeki wa dokodesu ka?	車站在哪裡？
切符<ruby>きっぷ</ruby>売り場<ruby>ば</ruby>はどこですか？ Kippu-u ri ba wa dokodesu ka?	售票處在哪裡？
大阪行<ruby>おおさかゆ</ruby>きの切符<ruby>きっぷ</ruby>はどの窓口<ruby>まどぐち</ruby>で買<ruby>か</ruby>えますか？ Ōsaka yu ki no kippu wa dono madoguchi de ka e masu ka?	在哪個窗口可買到往大阪的車票？
その駅<ruby>えき</ruby>はどこですか？ Sono eki wa dokodesu ka?	那個車站在哪裡？
どこで乗<ruby>の</ruby>り換<ruby>か</ruby>えますか？ Dokode no ri ka emasu ka?	在哪裡換車？
全車<ruby>ぜんしゃ</ruby>、指定席<ruby>していせき</ruby>です。 Zensha, shiteiseki desu.	全車是指定座位的。

補充詞庫

チケット	Chiketto	車票
改札口<ruby>かいさつぐち</ruby>	Kaisatsu guchi	剪票口
ホーム	Hōmu	月台
待合室<ruby>まちあいしつ</ruby>	Machi aishitsu	候車室
座席番号<ruby>ざせきばんごう</ruby>	Zaseki ban gō	座位號碼
列車番号<ruby>れっしゃばんごう</ruby>	Ressha bangō	列車號碼

挑戰與當地人對話

(1)あなた：この電車は新宿に止まりますか？
Konodenshawashinjukunitomarimasuka?
這班電車在新宿有停嗎？

係　員：はい、止まります。
Hai,tomarimasu.
有，有停。

(2)あなた：渋谷で乗り換えるんですね？
Shibuyadenorikaerundesune?
是在澀谷轉車對不對？

係　員：いいえ、東京駅で乗り換えてください。
Īe,Tōkyōekidenorikaetekudasai.
不是，請在東 車站換車。

(3)あなた：すみません、ここはどこですか？
Sumimasen,kokowadokodesuka?
對不起，這裡是哪裡？

係　員：ここは渋谷駅です。
KokowaShibuyaekidesu.
這裡是澀谷車站。

(4)係　員：どこで降りますか？
Dokodeorimasuka?
您要在哪裡下車呢？

あなた：代々木で降りたいのですが。
Yoyogideoritainodesuga.
我想在代代木下車。

第一章 基本表現日語

第二章 從登機到通關日語

第三章 問路、交通日語

第四章 飯店往宿日語

第五章 用餐日語

第六章 觀光必備日語

第七章 電話、郵局日語

第八章 上街購物日語

第九章 急難救命日語

第十章 準備回國

15

坐公車

A：

實況會話練習 ①

A：すみません、有楽町へ行きますか？
Sumimasen, Yūrakuchō e i kimasu ka?

B：行きますよ。
I ki masu yo.

A：何分ぐらいかかりますか？
Nanbun gurai kakarimasu ka?

B：三十分ぐらいかかります。
Sanjūbun gurai kakarimasu.

A：對不起，請問有到有樂町嗎？
B：有。
A：要花多少時間？
B：大概要花三十分鐘左右。

實況會話練習 ②

A：すみません、原宿行きのバス乗り場はどこですか？

Sumimasen, Harajuku yuki ki no basu no ri ba wa dokodesu ka?

B：渋谷駅の南口にあります。

Shibuya eki no minamiguchi ni arimasu.

A：どう行けばいいですか？

Dō i keba īdesu ka?

B：あそこの信号を右に曲がったところにあります。

Asoko no shingō o migi ni ma gatta tokoro ni arimasu.

A：對不起，搭到原宿的公車站在哪裡？

B：在澀谷車站的南口。

A：要怎麼去？

B：在那個紅綠燈右轉的地方。

迷你說明

· 問別人如何是好？怎麼辦才好？說「~ばいいですか (Ba īdesu ka)」。

· 公車站是「バス乗り場 (Basu no ri ba)」，計程車招呼站是「タクシー乗り場 (Takushī no ri ba)」，電車車站則是「駅 (Eki)」。

第一章 基本表現日語
第二章 從登機到通關日語
第三章 問路、交通日語
第四章 飯店往宿日語
第五章 用餐日語
第六章 觀光必備日語
第七章 電話、郵局日語
第八章 上街購物日語
第九章 急難救命日語
第十章 準備回國

ディズニーランド行きのバスはありますか？ Dizunīrando yu ki no basu wa arimasu ka?	有沒有開往迪士尼樂園的公車？
バス乗り場はどこですか？ Basu no ri ba wa dokodesu ka?	公車站牌在哪裡？
このバスはディズニーランドへ行きますか？ Kono basu wa dizunīrando e i kimasu ka?	這班公車有開往迪士尼樂園嗎？
次のバスは何時に出発しますか？ Tsugi no basu wa nanji ni shuppatsu shimasu ka?	下一班公車是幾點出發？
乗り換えが必要ですか？ No ri ka e ga hitsuyō desu ka?	需不需要換車？
次で降ります。 Tsugi de o rimasu.	下一站下車。

補充詞庫

～行き	Yuki	開往
切符	Kippu	車票
料金	Ryōkin	費用
バス停	Basutei	公車站牌
駅名	Ekimei	站名
運転手	Untenshu	司機

挑戰與當地人對話

(1) あなた：すみません、有楽町へ行きますか？
ゆうらくちょう　い
Sumimasen,Yūrakuchōeikimasuka?
請問有到有樂町嗎？

係　員：いいえ、行きません。
い
Īe,ikimasen.
不，沒有。

(2) あなた：何分 ぐらいかかりますか？
なんぶん
Nanibunguraikakarimasuka?
要花幾分鐘？

係　員：約十五分です。
やくじゅうごぶん
Yakujūgobundesu.
大約十五分鐘。

(3) あなた：すみません、原宿行きのバスの乗り場はどこですか？
はらじゅくゆ　ば　す　の　ば
Sumimasen,Harajuku-
yukikinobasunonoribawadokodesuka?
對不起，往原宿的公車站在哪裡？

係　員：となりです。
Tonaridesu.
在隔壁。

(4) あなた：どう行けばいいですか？
い
Dōikebaīdesuka?
要怎麼去？

係　員：ここをまっすぐ行って、右側にあります。
い　みぎがわ
Kokoomassuguitte,migigawaniarimasu.
這裡直走，就在右邊。

第一章 基本表現日語
第二章 從登機到過關日語
第三章 問路、交通日語
第四章 飯店往宿日語
第五章 用餐日語
第六章 觀光必備日語
第七章 電話、郵局日語
第八章 上街購物日語
第九章 急難救命日語
第十章 準備回國

第四章

飯店住宿日語

16

找飯店

實況會話練習 ①

A：ここでホテルを予約できますか？
Koko de hoteru o yoyaku dekimasu ka?

B：はい、できます。ご指定はございますか？
Hai, dekimasu. Go shite i wagozaimasu ka?

A：都内にあるホテルがいいのですが。
Tonai ni aru hoteru ga ī nodesuga.

B：かしこまりました。
Kashikomarimashita.

A：這裡可以預約飯店嗎？
B：可以，您要指定飯店嗎？
A：我想要都內的飯店。
B：好的。

實況會話練習 ②

A：安いホテルはありませんか？
Motto yasu i hoteru wa arimasen ka?

B：シングルなら安くなりますよ。
Shingurunara yasu ku narimasu yo.

A：でもツインの方がいいです。
Demo tsuin no hō ga īdesu.

B：少々お待ちください。調べてみましょう。
Shōshō omachi kudasai. shira bete mimashou.

A：有更便宜的飯店嗎？
B：如果是單人房的話，比較便宜喔！
A：可是我想要雙人房。
B：請稍等一下，我看看。

迷你說明

· 重視計畫性的日本人，做任何事大都會事先預約或準備的。問服務人員可以預約嗎？説「予約できますか（Yoyaku dekimasu ka）」。「できます（Dekimasu）」表示能、會，它可以直接接名詞，而這名詞一般都是帶有動作性的名詞。例如「料理できます（Ryōri dekimasu）」（會做菜）、「運転できます（Unten dekimasu）」（會開車）。它的否定形式是「できません（Dekimasen）」。

第一章 基本表現日語
第二章 從登機到通關日語
第三章 問路、交通日語
第四章 飯店往宿日語
第五章 用餐日語
第六章 觀光必備日語
第七章 電話、郵局日語
第八章 上街購物日語
第九章 急難救命日語
第十章 準備回國

バス付きのシングルで空きはありますか？ Basu tsuki no shinguru de a ki wa arimasu ka?	有沒有附浴室的單人房呢？
今晩泊まる部屋を予約したいのですが。 Konban to maru heya o yoyaku shitai nodesuga.	我想預約今天晚上住宿的房間。
一泊いくらですか？ Ippaku ikuradesu ka?	一個晚上多少錢？
朝食付きですか？ Chōshokutsu ki desu ka?	有沒有附早餐？
もっと安い部屋はありませんか？ Motto yasu i heya wa arimasen ka?	有沒有更便宜的房間？
その部屋にします。 Sono heya ni shimasu.	我要那一間。

補充詞庫

予約	Yoyaku	預約
フロント	Furonto	櫃檯
シングルルーム	Shingururūmu	單人房
ツインルーム	Tsuinrūmu	雙人房
バスルーム	Basurūmu	浴室
宿泊料金	Shukuhaku ryōkin	住宿費用

挑戰與當地人對話

(1)あなた：ここでホテルを予約できますか？
　　　　　Koko de hoteru o yoyaku dekimasu ka?
　　　　　這裡可以預約飯店嗎？

　　係　員：いいえ、となりのカウンターになります。
　　　　　Īe, tonari no kauntā ni narimasu.
　　　　　不行，請到隔壁的櫃檯。

(2)係　員：空港に近いホテルはいかがでしょうか？
　　　　　Kūkō ni chika i hoteru wa ikagadeshou ka?
　　　　　離機場近的飯店如何？

　　あなた：都内にあるホテルがいいのですが。
　　　　　Tonai ni aru hoteru ga ī nodesuga.
　　　　　我想要都內的飯店。

(3)あなた：もっと安いホテルはありませんか？
　　　　　Motto yasu i hoteru wa arimasen ka?
　　　　　有沒有更便宜的飯店？

　　係　員：すみません、これが一番安いホテルです。
　　　　　Sumimasen, kore ga ichiban yasu i hoteru desu.
　　　　　很抱歉，這是最便宜的飯店。

(4)係　員：シングルはいかがでしょうか？
　　　　　Shinguru wa ikagadeshou ka?
　　　　　單人房如何？

　　あなた：ツインの方がいいです。
　　　　　Tsuin no hō ga īdesu.
　　　　　我想要雙人房。

第一章 基本表現日語
第二章 從登機到通關日語
第三章 問路、交通日語
第四章 飯店往宿日語
第五章 用餐日語
第六章 觀光必備日語
第七章 電話、郵局日語
第八章 上街購物日語
第九章 急難救命日語
第十章 準備回國

17

住宿登記

實況會話練習 ①

A：すみません、フロントはどこですか？
Sumimasen, furonto wa dokodesu ka?

B：こちらです。
Kochiradesu.

A：いま、チェックインできますか？
Ima, chekkuin dekimasu ka?

B：はい、大丈夫です。
Hai, daijōbu desu.

A：對不起，請問櫃檯在哪裡？
B：這裡。
A：現在可以辦理住宿登記嗎？
B：可以，沒有問題。

第一章 基本表現日語

第二章 從登機到通關日語

第三章 問路、交通日語

第四章 飯店往宿日語

第五章 用餐日語

第六章 觀光必備日語

第七章 電話、郵局日語

第八章 上街購物日語

第九章 急難救命日語

第十章 準備回國

實況會話練習 ②

A：お客様、ご予約なさっておられますか？
きゃくさま　　　　　よやく
Okyakusama, go yoyaku nasatte ora remasu ka?

B：はい、空港で予約しました。
くうこう　　よやく
Hai, kūkō de yoyaku shimashita.

A：わかりました。王様でいらっしゃいますね。
おうさま
Wakarimashita. Ōsama de irasshaimasu ne.

B：はい。静かな部屋をお願いします。
しず　　　へや　　　ねが
Hai. Shizu ka na heya o nega i shimasu.

　　A：先生，您有預約嗎？
　　B：有，在機場預約的。
　　A：好的，您是王先生嗎？
　　B：是的，麻煩給我安靜的房間。

迷你說明

‧到了飯店，要住房間，你可以很簡單地問：「お部屋はありますか
へや
(O heya wa arimasu ka)」。如果你是要住單人房，就說「シングルはあ
りますか (Shinguru wa arimasu ka)」。雙人房有兩種，一種是兩張床的
「ツイン‧ルーム (Tsuin rūmu)」，一種是一張床的「ダブル‧ルーム
(Daburu rūmu)」。

‧服務人員問客人「您有預約嗎？」，說「ご予約なさいますか (Go
よやく
yoyaku nasaimasu ka)」。「ご～なさいます (Go ～ nasaimasu)」這一句型
用在對方或第三者動作的動詞上，表示尊敬。「ご予約なさっており
よやく
れますか(Go yoyaku nasatte ora remasu ka)」是更客氣的說法。「以客為
尊」的日本，服務員對客人措辭都很客氣。

チェックインしたいのですが。 Chekkuin shitai nodesuga.	我想辦理住宿登記。
眺めのいい部屋をお願いします。 Naga me no ī heya o onega i shimasu.	麻煩給我視野好的房間。
部屋を見せていただけませんか？ Heya o mi sete itadakemasen ka?	可以讓我先看看房間嗎？
部屋に冷蔵庫はありますか？ Heya ni reizōko wa arimasu ka?	房間裡有冰箱嗎？
貴重品はこちらで預かってもらえませんか？ Kichō hin wa kochira de azu katte moraemasen ka?	可以將貴重物品放在這裡保管嗎？
朝食は、どこで食べられますか？ Chōsho ku wa, dokode ta be raremasu ka?	早餐在哪裡吃呢？

補充詞庫

宿泊カード	Shukuhaku kādo	住宿登記卡
支払方法	Shiharai hōhō	付款方法
ベルボーイ	Berubōi	飯店服務生
エレベーター	Erebētā	電梯
セーフティボックス	Sēfutibokkusu	保險櫃
かぎ	Kagi	鑰匙

挑戰與當地人對話

第一章 基本表現日語

第二章 從登機到通關日語

第三章 問路、交通日語

第四章 飯店往宿日語

第五章 用餐日語

第六章 觀光必備日語

第七章 電話、郵局日語

第八章 上街購物日語

第九章 急難救命日語

第十章 準備回國

(1)あなた：フロントはどこですか？
　　　　　Furonto wa dokodesu ka?
　　　　　櫃檯在哪裡？

　係　員：はい、こちらへどうぞ。
　　　　　Hai, kochira e dōzo.
　　　　　在這裡，請。

(2)あなた：いま、チェックインできますか？
　　　　　Ima, chekkuin dekimasu ka?
　　　　　現在可以辦理住宿登記嗎？

　係　員：はい、大丈夫です。
　　　　　Hai, daijōbu desu.
　　　　　可以，沒有問題。

(3)係　員：ご予約をなさっていらっしゃいますか？
　　　　　Go yoyaku o nasatte irasshaimasu ka?
　　　　　您有預約嗎？

　あなた：はい、空港で予約しました。
　　　　　Anata: Hai, kūkō de yoyaku shimashita.
　　　　　有，在機場預約的。

(4)係　員：どんなお部屋がよろしいでしょうか？
　　　　　Don'na o heya ga yoroshīdeshou ka?
　　　　　您要什麼樣的房間呢？

　あなた：静かな部屋をお願いします。
　　　　　Shizu ka na heya o o nega i shimasu.
　　　　　麻煩給我安靜的房間。

18

在飯店

實況會話練習 ①

A：はい、フロントでございます。
Hai, furonto de gozaimasu.

B：ルームサービスをお願いします。
Rūmusābisu o o nega i shimasu.

A：はい、かしこまりました。お客様は何号室でいらっしゃいますか？
Hai, kashikomarimashita. O kyakusama wa nangōshitsu de irasshaimasu ka?

B：３３３号室です。
San hyaku san jū san gōshitsu desu.

A：您好，這裡是櫃檯。
B：想麻煩您做房間服務。
A：好的，先生您是幾號房呢？
B：333號房。

實況會話練習 2

A：モーニングコールをお願いします。
Mōningukōru o o nega i shimasu.

B：何時にいたしましょうか？
Nanji ni itashimashou ka?

A：朝7時にお願いします。
Asa 7-ji ni onega i shimasu.

B：かしこまりました。
Kashikomarimashita.

A：麻煩你早上叫我起床。
B：幾點叫您好呢？
A：麻煩早上七點。
B：好的。

迷你說明

· 問別人時間要幾點的時候，說「何時にいたしましょうか（Nanji ni itashimashou ka）」。「～にする（Ni suru）」表示選擇、決定。翻譯是比較靈活的。更有禮貌的說法是「～にいたす（Ni itasu）」。

· 有些國家住宿旅館都要給小費，但日本是不用給的。同樣的，其它服務性行業也大都是不用給小費的。

第一章 基本表現日語

第二章 從登機到通關日語

第三章 問路、交通日語

第四章 飯店住宿日語

第五章 用餐日語

第六章 觀光必備日語

第七章 電話、郵局日語

第八章 上街購物日語

第九章 急難救命日語

第十章 準備回國

３３３号室のかぎをください。 San hyaku san jū san gōshitsu no kagi o kudasai.	請你給我333號房的鑰匙。
３３３号室です。 San hyaku san jū san gōshitsu desu.	333號房。
預けた貴重品を取り出したいのですが。 Azuka keta kichō-hin o to ri da shitai nodesuga.	我想拿保管的貴重品。
ドライヤーを貸していただけませんか？ Doraiyā o kashite itadakemasen ka?	可以借我吹風機嗎？
ロッカーはありますか？ Rokkā wa arimasu ka?	有保險櫃嗎？
利用料金はいくらですか？ Riyō ryōkin wa ikuradesu ka?	使用費多少呢？

補充詞庫

魔法瓶	Mahōbin	熱水瓶
お茶	Ocha	茶
スリッパ	Surippa	拖鞋
タオル	Taoru	毛巾
石けん	setsu ken	香皂
ひげ剃り	Hige so ri	刮鬍刀

挑戰與當地人對話

(1)係　員：ルームサービスでございます。
　　　　　　Rūmusābisudegozaimasu.
　　　　　　這裡是客服中心。

　　あなた：とんカツとサラダをお願いします。
　　　　　　Ton katsu to sarada o o nega i shimasu.
　　　　　　我叫炸豬排和沙拉。

(2)係　員：お客様のルームナンバーは何番ですか？
　　　　　　Okyakusama no rūmunanbā wa nan-ban desu ka?
　　　　　　請問您的房間是幾號？

　　あなた：３３３号室です。
　　　　　　San hyaku san jū san Gōshitsu desu.
　　　　　　333號房。

(3)係　員：フロントでございます。
　　　　　　Furontodegozaimasu.
　　　　　　這裡是櫃檯。

　　あなた：モーニングコールをお願いします。
　　　　　　Mōningukōru o o nega i shimasu.
　　　　　　麻煩你早上叫我起床。

(4)係　員：何時がよろしいですか？
　　　　　　Nanji ga yoroshīdesu ka?
　　　　　　幾點好呢？

　　あなた：朝７時にお願いします。
　　　　　　Asa Nana ji ni o nega i shimasu.
　　　　　　麻煩早上七點。

第一章 基本表現日語
第二章 從登機到通關日語
第三章 問路、交通日語
第四章 飯店住宿日語
第五章 用餐日語
第六章 觀光必備日語
第七章 電話、郵局日語
第八章 上街購物日語
第九章 急難救命日語
第十章 準備回國

19

住宿上的問題

實況會話練習 ①

A：水が止まらないんです。すぐ来てください。
Mizu ga to me ra nai ndesu. Sugu ki te kudasai.

B：はい、いますぐまいります。
Hai, ima sugu mairimasu.

A：エアコンも故障しています。
Eakon mo koshō shite imasu.

B：係員も連れてまいります。
Kakariin mo tsu rete mairimasu.

A：請馬上過來，水流個不停。
B：好的，現在馬上過去。
A：冷氣也故障了。
B：我帶負責人員過去看看。

實況會話練習 ②

A：滞在を一日延長したいんですが。

Taizai o tsuitachi enchō shitai ndesuga.

B：申しわけございません。ただいま空いているお部屋がございません。

Mō shiwake gozaimasen. Tadaima a ite iru oheya ga gozaimasen.

A：そこをなんとかできませんか？

Soko o nantoka dekimasen ka?

B：少々お待ちください。調べてみましょう。

Shōshō omachi kudasai. Shira bete mimashou.

A：我想再多住一天。

B：非常抱歉，現在沒有多的房間。

A：可以幫我想想辦法嗎？

B：請稍等一下，我查看看。

迷你說明

・「くる (Kuru)」（來）或「いく (Iku)」（去）更有禮貌的說法是「まいる (Mairu)」。「想嘗試做某種動作的時候，說「～てみましょう (Te mimashou)」。例如嚐看看就說「食べてみましょう (Tabete mimashou)」，穿看看，就說「はいてみましょう (Haite mimashou)」，做看看，說「つくってみましょう (Tsukutte mimashou)」。

テレビがつきません。 Terebi ga tsukimasen.	電視壞了。
部屋が寒すぎます。 Heya ga samu sugimasu.	房間太冷了。
エアコンのスイッチがどこにあるのか教えてください。 Eakon no suitchi ga doko ni aru no ka oshi ete kudasai.	可以告訴我冷氣的開關在哪裡嗎？
お湯が出ません。 Oyu ga de masen.	熱水出不來。
トイレが流れません。 Toire ga nagare masen.	廁所沒水。
電話がつながりません。 Denwa ga tsunagarimasen.	電話打不通。

補充詞庫

クーラー	Kūrā	冷氣
灰皿	Haizara	煙灰缸
コップ	Koppu	杯子
便器	Benki	馬桶
アイロン	Airon	熨斗
クリーニング	Kurīningu	洗衣服

挑戰與當地人對話

(1)あなた：すぐ来てください。
Sugu kite kudasai.
請你馬上過來。

　係　員：どうかなさいましたか？
Dōka nasaimashita ka?
怎麼了？

(2)あなた：エアコンが故障しています。
Eakon ga koshō shite imasu.
冷氣故障了。

　係　員：リモコンの電池が切れているのかもしれません。
Rimokon no denchi ga ki rete iru no kamo shiremasen.
可能是遙控器的電池沒電了。

(3)あなた：滞在を一日延長したいのですが。
Taizai o tsuitachi enchō shitai nodesuga.
我想再多住一天。

　係　員：申しわけございません、ただいま全館満室でございます。
Mō shiwake gozaimasen, tadaima zenkan manshitsu de gozaimasu.
非常抱歉，現在飯店都客滿了。

(4)係　員：大変申しわけございません。
Taihen mō shiwake gozaimasen.
非常抱歉。

　あなた：そこをなんとかできませんか？
Soko o nantoka dekimasen ka?
可以幫我想想辦法嗎？

第一章 基本表現日語
第二章 從登機到通關日語
第三章 問路、交通日語
第四章 飯店住宿日語
第五章 用餐日語
第六章 觀光必備日語
第七章 電話、郵局日語
第八章 上街購物日語
第九章 急難救命日語
第十章 準備回國

20

結帳退房

實況會話練習 ①

A：チェックアウトをお願<ねが>いします。

Chekkuauto o o nega i shimasu.

B：はい、冷蔵庫<れいぞうこ>の飲<の>み物<もの>はご利用<りよう>になりましたか？

Hai, reizōko no no mi mono wa go riyō ni narimashita ka?

A：コーラを一本飲<いっぽんの>みました。

Kōra o Ippon no mimashita.

B：少々<しょうしょう>お待<ま>ちくださいませ。

Shōshō o ma chi kudasaimase.

A：我要退房。

B：好的，您有使用冰箱內的飲料嗎？

A：喝了一瓶可樂。

B：請您稍等一下。

實況會話練習 ②

A：お支払いはどうなさいますか？
（しはら）
O shihara i wa dō nasaimasu ka?

B：クレジットカードでもいいですか？
Kurejittokādo demo īdesu ka?

A：はい、けっこうです。
Hai, kekkōdesu.

B：領収書をお願いします。
（りょうしゅうしょ）（ねが）
Ryōshū sho o o nega i shimasu.

A：您要如何付款呢？
B：可以刷卡嗎？
A：可以。
B：麻煩給我收據。

迷你說明

・為了表示尊敬，日語中常會在對方或第三者動作的動詞上添加語詞，例如
「ご～になる（Go ～ ni naru）」→「ご利用になります（Go riyō ni narimasu）」（您使用）
「お～になる（O ～ ni naru）」→「お買いになります（O ga i ni narimasu）」（您買）
請對方稍微等一下，説「少々お待ちください（Shōshō o machi kudasai）」，更有禮貌的説法是「少々お待ちくださいませ（Shōshō o machi chi kudasai mase）」，後者一般用在服務業上。

第一章 基本表現日語
第二章 從登機到通關日語
第三章 問路、交通日語
第四章 飯店住宿日語
第五章 用餐日語
第六章 觀光必備日語
第七章 電話、郵局日語
第八章 上街購物日語
第九章 急難救命日語
第十章 準備回國

荷物を部屋に取りに来てください。 Nimotsu o heya ni to ri ni ki te kudasai.	請到房間來拿行李好嗎？
カードでお願いします。 Kādo de o nega i shimasu.	我要刷卡。
トラベラーズチェックは使えますか？ Toraberāzuchekku wa tsuka emasu ka?	可以用旅行支票嗎？
この請求はなんですか？ Kono seikyū wa nandesu ka?	這項是什麼？
前金を支払っていますが。 Maekin o shi haratte imasuga.	我有付訂金。
タクシーを呼んでください。 Takushī o yon de kudasai.	請幫我叫一輛計程車。

補充詞庫

電話料金	Denwa ryōkin	電話費
国際電話	Kokusai denwa	國際電話
クリーニング代	Kurīningu dai	洗衣費
割引券	Waribik ken	折扣券
合計	Gōu kei	總計
サイン	Sain	簽名

挑戰與當地人對話

(1)係　員：おはようございます。
　　　　　　Ohayō go zaimasu.
　　　　　　早安。

　　あなた：おはよう。チェックアウトをお願いします。
　　　　　　Ohayō. Chekkuauto o o negai shimasu.
　　　　　　早安，我想退房。

(2)係　員：お飲物のご利用はなさっておられますか？
　　　　　　O nomimono no go riyō wa nasatte ora remasu ka?
　　　　　　您有用飲料嗎？

　　あなた：はい、コーラを一本飲みました。
　　　　　　Hai, kōra o i ppon no mimashita.
　　　　　　有，喝了一瓶可樂。

(3)あなた：クレジットカードでもいいですか？
　　　　　　Kurejittokādo demo īdesu ka?
　　　　　　可以刷卡嗎？

　　係　員：申しわけございません、うちは現金しか...。
　　　　　　Mō shiwake gozaimasen, uchi wa genkin shika....
　　　　　　非常抱歉，我們只收現金。

(4)あなた：領収書をもらえますか？
　　　　　　Ryōshū-sho o moraemasu ka?
　　　　　　可以給我收據嗎？

　　係　員：はい、宛名はどうなさいますか？
　　　　　　Hai, atena wa dō nasaimasu ka?
　　　　　　好的，抬頭要怎麼寫？

第一章 基本表現日語
第二章 從登機到通關日語
第三章 問路、交通日語
第四章 飯店住宿日語
第五章 用餐日語
第六章 觀光必備日語
第七章 電話、郵局日語
第八章 上街購物日語
第九章 急難救命日語
第十章 準備回國

第五章

用餐日語

21

這附近有好餐廳嗎

實況會話練習 ①

A：おいしいレストランを教えてください。
Oishī resutoran o oshi ete kudasai.

B：この店はおいしいけれど、ちょっと高いですよ。
Kono mise wa oishīkeredo, chotto taka idesu yo.

A：あまり高くない方がいいです。
Amari taka kunai hō ga īdesu.

B：それなら、となりの店の方がよさそうですね。
Sorenara, tonari no mise no hō ga yosasōdesu ne.

A：請告訴我，有好吃的餐廳嗎？
B：這一家蠻好吃的，只是稍稍貴了一些。
A：不要太貴的。
B：如果是那樣，隔壁的餐廳好像比較好。

實況會話練習 ②

A：この土地の名物料理が食べたいのですが。
　　Kono tochi no meibutsu ryōri ga ta betai nodesuga.

B：名物料理なら、懐石料理ですね。
　　Meibutsu ryōri nara, kaiseki ryōri desu ne

A：高そうですね。気楽な店はありませんか？
　　Taka sōdesu ne. Kiraku na mise wa arimasen ka?

B：あそこの角のところにあります。
　　Asoko no kado no tokoro ni arimasu.

A：我想吃本地的代表美食。
B：如果是代表美食，就是懷石料理囉！
A：聽起來好貴，有沒有輕鬆一點的餐廳？
B：在那裡的街角有一家。

迷你說明

‧告訴別人自己的主張，自己認為還是什麼什麼好的時候，說「～方がいい（Kata ga ī）」。這個句型也可以用在建議或勸告對方的時候，如「それを食べない方がいいです（Sore o tabenai kata ga īdesu）。」（最好別吃那個）。

第一章 基本表現日語
第二章 從登機到通關日語
第三章 問路、交通日語
第四章 飯店住宿日語
第五章 用餐日語
第六章 觀光必備日語
第七章 電話、郵局日語
第八章 上街購物日語
第九章 急難救命日語
第十章 準備回國

おいしい日本料理のレストランをご存知ですか？ Oishī ni hon ryōri no resutoran o go zonji desu ka?	你知道哪裡有好吃的日本料理餐廳嗎？
朝食のとれる店を探しています。 Chōshoku no toreru mise o sa ga shite imasu.	我在找可以吃早餐的餐廳。
行き方を教えてくれませんか？ Yu ki kata o oshi ete kuremasen ka?	可以告訴我怎麼去嗎？
どのレストランがおすすめですか？ Dono resutoran ga osusumedesu ka?	你推薦哪一家餐廳？
歩いて行けますか？ Aru ite i kemasu ka?	走路會到嗎？
予約が必要ですか？ Yoyaku ga hitsuyō desu ka?	需要預約嗎？

補充詞庫

懐石料理	Kaiseki ryōri	懷石料理
精進料理	Shōjin ryōri	素食
パブ	Pabu	Pub
居酒屋	Iza kaya	居酒屋
スナック	Sunakku	小酒店
軽食堂	Kei shokudō	輕食食堂

第一章 基本表現日語

第二章 從登機到通關日語

第三章 問路、交通日語

第四章 飯店往宿日語

第五章 用餐日語

第六章 觀光必備日語

第七章 電話、郵局日語

第八章 上街購物日語

第九章 急難救命日語

第十章 準備回國

挑戰與當地人對話

(1) あなた：おいしいレストランを教えてください。
Oishī resutoran o oshi ete kudasai.
請告訴我，好吃的餐廳在哪裡？

ウエイター：日本料理でよかったら、ここの二階が
いいです。
Nihonryōri de yokattara, koko no ni-kaiga īdesu.
如果日本料理可以的話，這裡的二樓不錯。

(2) ウエイター：予算はどのぐらいですか？
Yosan wa dono guraidesu ka?
您的預算是多少呢？

あなた：あまり高くない方がいいです。
Amari taka kunai hō ga īdesu.
不要太貴比較好。

(3) あなた：この土地の名物料理が食べたいのですが。
Kono tochi no meibutsu ryōri ga ta betai nodesuga.
我想吃本地的代表美食。

ウエイター：そこのとんカツ屋は有名ですよ。
Soko no ton ya wa yūme i desu yo.
那裡的炸豬排餐廳蠻有名的唷！

(4) あなた：一番近い軽食堂はどこですか？
Ichiban chika i kei shokudō wa dokodesu ka?
最近的輕食食堂在哪裡？

ウエイター：この辺にはマクドナルドしかありませ
んが。
Kono hen ni wa Makudonarudo shika arimasenga.
這裡只有麥當勞才有。

22

我要預約飯店

實況會話練習 ①

A：いらっしゃいませ。
　　Irasshai mase.

B：予約をお願いしたいのですが。
　　Yoyaku o o nega i shitai nodesuga.

A：あいにく今晩は満席です。
　　Ainiku konban wa manseki desu.

B：明日の晩はどうですか？
　　Ashita no ban wa dōdesu ka?

A：歡迎光臨。
B：我想預約。
A：真不湊巧，今晚客滿了。
B：明天晚上怎麼樣？

實況會話練習 ②

A：お客様のお名前をいただけますか？

O kyaku sama no o namae o itadake masu ka?

B：王です。

Ō desu.

A：何名様でいらっしゃいますか？

Nan mei sama de irasshai masu ka?

B：二人です。

Futari desu.

A：請告訴我您的尊姓大名。

B：敝姓王。

A：您有幾位呢？

B：有兩位。

迷你說明

· 打電話預約餐廳的時候，説「予約をお願いしたいのですが. (Yoyaku o o nega i shitai no desuga.)」或是説「予約をお願いします. (Yoyaku o o nega i shi masu.)」，更簡單的説法是「予約を (Yoyaku o)」。這是省略後面「お願いします (O nega i shi masu)」的説法，常用在比較不正式的場合。

· 不如自己所預期的，不方便的狀況叫「あいにく (Ainiku)」（不湊巧）。

第一章 基本表現日語

第二章 從登機到通關日語

第三章 問路·交通日語

第四章 飯店住宿日語

第五章 用餐日語

第六章 觀光必備日語

第七章 電話·郵局日語

第八章 上街購物日語

第九章 急難救命日語

第十章 準備回國

明日の晩六時三十分に二名で予約をお願いします。 Ashita no ban ro kuji san jū pun ni ni-mei de yoyaku o o nega i shimasu.	我要預約明天晚上六點三十分的位子，兩位。
服装の決まりはありますか？ Fukusō no ki mari wa arimasu ka?	有規定要穿什麼服裝嗎？
Tシャツとジーンズはご遠慮ください。 Tīshatsu to jīnzu wa go en riyo kudasai.	請不要穿T恤和牛仔褲。
お名前と連絡先をお願いします。 O namae to ren ra kusaki o o nega i shimasu.	請告訴我貴姓大名和連絡處。
あいにく明晩は満席です。 Ainiku myōban wa manseki desu.	真不湊巧，今晚客滿了。
承知いたしました。お名前をどうぞ。 Shōchi itashi mashita. O namae o dōzo.	好的，請告訴我貴姓大名。

補充詞庫

すし	Sushi	壽司
ちゃんこ鍋	Chanko nabe	力士什錦火鍋
天ぷら	Ten pura	天婦羅
寄せ鍋	Yo se nabe	什錦火鍋
しゃぶしゃぶ	Shabushabu	涮涮鍋
すきやき	Suki yaki	壽喜燒

挑戰與當地人對話

(1)あなた：予約をお願いしたいのですが。

Yoyaku o o nega i shitai nodesuga.

我想預約。

ウエイター：はい、ありがとうございます。

Hai, arigatō gozaimasu.

好的，謝謝您。

(2)ウエイター：申しわけございません。今日は
全館満席でございます。

Mō shiwake goza i masen. Kyō wa zenkan manseki
de gozaimasu.

非常抱歉，今天全餐廳客滿。

あなた：明日の晩はどうですか？

Ashita no ban wa dō desuka?

明天晚上如何呢？

(3)係　員：お一人でいらっしゃいますか？

O hitori de irasshaimasu ka?

一位嗎？

あなた：いいえ、二人です。

Īe, futari desu.

不，是兩位。

(4)係　員：林様でいらっしゃいますか？

Hayashi sama de irassha i masuka?

您是林小姐嗎？

あなた：いいえ、王です。

Īe, ō desu.

不，敝姓王。

第一章 基本表現日語

第二章 從登機到通關日語

第三章 問路、交通日語

第四章 飯店往宿日語

第五章 用餐日語

第六章 觀光必備日語

第七章 電話、郵局日語

第八章 上街購物日語

第九章 急難救命日語

第十章 準備回國

23

給我靠窗位子

實況會話練習 ①

A：いらっしゃいませ。
Irassha i mase.

B：予約した王ですが。
Yoyaku shita ō desuga.

A：はい、ご案内いたします。こちらへどうぞ。
Hai, go an nai itashimasu. Kochira e dōzo.

B：窓ぎわの席をお願いします。
Mado gi wa no seki o o nega i shimasu.

A：歡迎光臨。
B：我有預約，敝姓王。
A：好的，我幫您帶位，請這邊
走。
B：麻煩給我靠窗的位子好嗎？

實況會話練習 ②

A：二人の席はありますか？
ふたり　せき
Futari no seki wa ari maska?

B：少しお待ちになりますが。
すこ　　ま
Suko shi o ma chi ni nari masuga.

A：どのぐらい待ちますか？
ま
Dono gurai machi masuka?

B：三十分ほどになります。
さんじゅうぶん
Sanjūbun hodo ni nari masu.

A：有兩個人的位子嗎？
B：可能要稍等一下。
A：要等多久呢？
B：大概三十分鐘。

迷你說明

· 服務生帶領客人到座位時，會先說「ご案内いた
あんない
します（Go an nai ita shimasu）」（請跟我來）。然後用手比一個方向說「こちらへどうぞ
（Kochira e dōzo）」（請這邊走），或是「どうぞこちらへ（Dōzo kochira
e）」，兩者意思都是一樣的。「どうぞ（Dōzo）」通常用在請對方做某事
的時候。

第一章 基本表現日語

第二章 從登機到通關日語

第三章 問路、交通日語

第四章 飯店往宿日語

第五章 用餐日語

第六章 觀光必備日語

第七章 電話、郵局日語

第八章 上街購物日語

第九章 急難救命日語

第十章 準備回國

六時三十分に予約している王ですが。 ろくじさんじゅうぶん・よやく・おう Ro kuji-san-jū pun ni yoyaku shite iru ō desuga.	我預約了六點三十分的位子，敝姓王。
窓ぎわの席をお願いします。 まど・せき・ねが Mado giwa no seki seki o o nega i shimasu.	麻煩給我靠窗的位子。
禁煙席にしてもらえませんか？ きんえんせき Kinen seki ni shite mora e masenka?	可以給我禁菸區的位子嗎？
長く待たなければなりませんか？ なが・ま Naga ku ma tanakereba nari masenka?	要等很久嗎？
ただいま満席でございます。 まんせき Tadaima man seki de goza imasu.	現在客滿了。
王様、こちらへどうぞ。 おうさま Ō sama, kochira e dōzo.	王小姐，請這邊走。

補充詞庫

うなぎ弁当 べんとう	Unagi bentō	鰻魚便當
とんカツ	Ton ka tsu	炸豬排飯
さしみ	Sa shimi	生魚片
ふぐ	Fugu	河豚
茶わん蒸し ちゃ・む	Cha wan mu shi	茶碗蒸
おむすび	Omu subi	御飯團

挑戰與當地人對話

(1)あなた：予約した王ですが。

Yoyaku shita ō de suga.

我有預約，敝姓王。

ウエイター：王様ですね。少々お待ちくださいませ。

Ōsama desu ne. Shōshou o machi kudasai mase.

是王先生嗎？請稍等。

(2)ウエイター：どちらの席がよろしいですか？

Dochira no seki ga yoroshī desuka?

您要什麼樣的位子？

あなた：窓ぎわの席をお願いします。

Mado giwa no seki o o nega i shimasu.

麻煩給我靠窗的位置。

(3)あなた：二人の席はありますか？

Futari no seki wa ari masuka?

有兩個人的位子嗎？

ウエイター：申しわけございません、ただいま満席でございます。

M shi wake goza i masen, tada i ma manseki de goza i masu.

非常抱歉，已經客滿了。

(4)あなた：どのぐらい待ちますか？

Dono gurai ma chi masuka?

要等多久呢？

ウエイター：一時間ぐらいだと思います。

Ichiji kan gurai da to omo i masu.

我想大概要一個小時吧！

第一章 基本表現日語

第二章 從登機到通關日語

第三章 問路、交通日語

第四章 飯店住宿日語

第五章 用餐日語

第六章 觀光必備日語

第七章 電話、郵局日語

第八章 上街購物日語

第九章 急難救命日語

第十章 準備回國

24

給我菜單

實況會話練習 ①

A：メニューを見せてください。
Menyū o mi sete kudasai.

B：どうぞ。
Dōzo.

A：今日のおすすめ料理はなんですか？
Kyō no osusume ryōri wa nan desuka?

B：こちらでございます。
Kochirade gozaimasu.

A：請你給我看菜單。
B：您請。
A：今天推薦什麼料理呢？
B：推薦這一道菜。

第一章
基本表現日語

第二章
從登機到通關日語

第三章
問路、交通日語

第四章
飯店往宿日語

第五章
用餐日語

第六章
觀光必備日語

第七章
電話、郵局日語

第八章
上街購物日語

第九章
急難救命日語

第十章
準備回國

實況會話練習 ②

A：これはなんですか？
Korehanan desuka?

B：こちらはカツ丼でございます。
Kochira wa katsu doon de gozaimasu.

A：（メニューを指して）これとこれを、お願いします。
(Menyū o sa shite) kore to kore o, o nega i shimasu.

B：はい、かしこまりました。
Hai, kashiko mari mashita.

A：這是什麼？
B：這是豬排蓋飯。
A：（手指著菜單）我要這個跟這個。
B：好的，我知道了。

迷你說明

・點菜的時候，最快的方式是指著菜單上，自己想要的東西說「これをお願いします。(Kore o o nega i shimasu)」（請給我這個）。如果有兩樣菜就說「これとこれを、お願いします。(Kore to kore o, o ne ga i shi masu)」。

・看到隔壁桌吃得好香，東西很可口的時候，就指著隔壁的東西說：「あれを、お願いします。(Are o, o nega i shi masu.)」（請給我那個）。當然「お願いします。(O nega i shimasu.)」也可以改成「ください(Kudasai)」。

英語のメニューはありますか？ Eigo no menyu - wa ari masuka?	有沒有英文的菜單？
写真のあるメニューはありますか？ Sha shin no aru menyu - wa ari masuka?	有沒有附照片的菜單？
日本酒のリストを見せてもらえませんか？ Nihonshu no risu to o mi sete mora e masenka?	可以給我看看日本酒名單嗎？
まだ決まっていないので、もう少し待ってください。 Mada ki ma tte inain o de, mō suko shi matte kudasai.	請再稍等一下，我還沒有決定要什麼。
定食はありますか？ Teishoku wa ari masuka?	有套餐嗎？
ランチセットにコーヒーはついていますか？ Ranchi setto ni kōhī wa tsu i te i masuka?	套餐有附咖啡嗎？

補充詞庫

日本茶	Nihon cha	日本茶
デザート	Dezāto	點心
海苔	Nori	海苔
漬け物	Tsu ke mono	泡製食物
納豆	Nattō	納豆
みそ	Miso	味噌

挑戰與當地人對話

(1)あなた：メニューを見せてください。
    Menyū o mi sete kudasai.
    請給我菜單。

 ウエイター：写真がある方がよろしいでしょうか？
    Shashin ga aru hō ga yoroshī deshouka?
    要不要附照片的？

(2)あなた：今日のおすすめ料理はなんですか？
    Kyō no o susume ryōri wa nan desuka?
    今天推薦的菜是什麼？

 ウエイター：ミニ桜懐石料理でございます。
    Mini zakura kaiseki ryōri de gozaimasu.
    是迷你櫻花懷石料理。

(3)あなた：これはなんですか？
    Kore hanan desuka?
    這是什麼呢？

 ウエイター：みそ焼き握りご飯です。
    Miso-shō ya ki nigiri gohan desu.
    這是塗上味噌烤的御飯團。

(4)あなた：（メニューを指して）これとこれをお願いします。
    (Menyū o sa shite) kore to kore o o nega i shimasu.
    （手指著菜單）我要這個和這個。

 ウエイター：はい。お飲物はどうなさいますか？
    Hai. O nomimono wa dō nasai masuka?
    好的，您要什麼飲料呢？

第一章 基本表現日語
第二章 從登機到通關日語
第三章 問路、交通日語
第四章 飯店往宿日語
第五章 用餐日語
第六章 觀光必備日語
第七章 電話、郵局日語
第八章 上街購物日語
第九章 急難救命日語
第十章 準備回國

25

可以再給我菜單嗎

實況會話練習 ①

A：注文を変えることはできますか？
Chiyuumon o ka eru koto wa dekimasu ka?

B：はい、かまいません。
Hai, kamaimasen.

A：じゃあ、もう一度メニューを。
Jā, mō ichido menyū o.

B：はい、ただいま。
Hai, tada ima.

A：可以換我剛點的東西嗎？
B：可以，沒有問題。
A：那麼，請再給我看一次菜單。
B：好的，馬上來。

實況會話練習 ②

A：すみません、水をください。
Sumimasen, mizu o kudasai.

B：はい、かしこまりました。
Hai, kashiko marimashita.

A：どんなデザートがありますか？
Don na dezāto ga ari masuka?

B：チョコレートパフェなどがあります。
Chokorētopafe nado ga arimasu.

A：對不起，請給我一杯水。
B：好的。
A：有什麼樣的點心呢？
B：有巧克聖代等等。

迷你說明

・「〜ことはできます (Koto wa dekimasu)」表示可能。

・當你想徵求對方，對自己的看法有什麼意見和看法的時候，説「〜はどうですか(Wa dōdesu ka)」。更有禮貌的説法是「〜はいかがでしょうか (Wa ikagade shouka)」。

・是再來一碗飯或是再來一杯咖啡，也就是説同樣的食物或飲料，再來一碗或一杯的意思。相當於我們所説的續杯或續碗的叫「おかわり (O kawari)」。

第一章 基本表現日語

第二章 從登機到通關日語

第三章 問路、交通日語

第四章 飯店往宿日語

第五章 用餐日語

第六章 觀光必備日語

第七章 電話、郵局日語

第八章 上街購物日語

第九章 急難救命日語

第十章 準備回國

すみません、おかわりをお願いします。 Sumimasen, o kawari o o nega i shimasu.	對不起，請再給我一碗飯。
お冷やをください。 Ohiya o kudasai.	請給一杯冰水。
これは注文していません。 Kore wa chūmon shite i masen.	我沒有點這道菜。
もう一度メニューを見せてください。 Mō ichido menyū o mi sete kudasai.	請再給我看一次菜單。
おかわりはいかがでしょうか？ O kawari wa ikaga deshouka?	要不要再來一碗？
さげてもいいですか？ Sagete mo ī desuka?	可以收了嗎？

補充詞庫

朝食	Chō shoku	早餐
昼食	Chū shoku	中餐
夕食	Yūsho ku	晚餐
ウエイター	Ueitā	服務生
テーブル	Tēburu	餐桌
いす	Isu	椅子

挑戰與當地人對話

(1)あなた：注文を変えることはできますか？

Chūmon o ka eru koto wa de kimasuka?

可以換我點的菜嗎？

ウエイター：大変申しわけございません。料理はもうできあがっております。

Taihen mō shiwake gozaimasen. Ryōri wa mō deki agatte orimasu.

非常抱歉，料理已經做好了。

(2)あなた：もう一度メニューを。

Mō ichido menyū o.

再給我看一下菜單。

ウエイター：はい、少々お待ちくださいませ。

Hai, shōshō omachi kudasaimase.

好的，請您稍等一下。

(3)あなた：すみません、水をください。

Sumimasen, mizu o kudasai.

對不起，請給我一杯水。

ウエイター：はい、いますぐ持ってまいります。

Hai, ima sugu motte mairimasu.

好的，馬上給您送來。

(4)あなた：どんなデザートがありますか？

Donna dezāto ga arimasu ka?

有什麼樣的點心呢？

ウエイター：アイスクリームなどがございます。

Aisukurīmu nado ga gozaimasu.

有冰淇淋等等。

第一章 基本表現日語
第二章 從登機到通關日語
第三章 問路、交通日語
第四章 飯店往宿日語
第五章 用餐日語
第六章 觀光必備日語
第七章 電話、郵局日語
第八章 上街購物日語
第九章 急難救命日語
第十章 準備回國

26 我要結帳

實況會話練習 ①

A：会計をお願いします。
かいけい　　ねが
Kaikei o o nega i shimasu.

B：はい、ありがとうございます。
Hai, arigatōgozaimasu.

A：カードでもいいですか？
Kādo demo ī desuka?

B：はい、けっこうでございます。
Hai, kekkō de gozaimasu.

A：我要結帳。
B：好的，謝謝您。
A：可以刷卡嗎？
B：可以，沒問題。

第一章 基本表現日語

第二章 從登機到通關日語

第三章 問路、交通日語

第四章 飯店往宿日語

第五章 用餐日語

第六章 觀光必備日語

第七章 電話、郵局日語

第八章 上街購物日語

第九章 急難救命日語

第十章 準備回國

實況會話練習 ②

A：金額が違いますよ。
Kingaku ga chi ga i masuyo.

B：申しわけございません。
Mōshi wake goza i masen.

A：この料金はなんですか？
Kono ryōkin wa nan desu ka?

B：五パーセントの消費税です。
Go pāsento no shiyouhizei desu.

A：金額不對喔！
B：非常抱歉。
A：這是什麼費用。
B：百分之五的消費稅。

迷你說明

· 當你要徵得對方許可時，動詞句型說「〜てもいいですか（Te mo īdesu ka）」，表示「可以〜嗎？」，名詞句型是「〜でいいですか（De īdesu ka）」。

· 在日本消費要注意的是，商品上所標的價錢都不含稅。所以收據上都會再加上一條百分之五的消費稅。 買前可要先算清楚喔！

どこで支払いますか？ Doko de shiharai i masuka?	在哪裡付錢？
お勘定をお願いします。 O kanjō o o nega i shimasu.	麻煩我要結帳。
別々に払います。 Betsubetsu ni hara imasu.	各付各的。
サービス料は含まれていますか？ Sa-bisu ryō wa fuku marete i masuka?	內含服務費嗎？
おつりが間違っています。 O tsuri ga machi gatte imasu.	你找的錢有錯唷！
領収書をお願いします。 Ryōshū sho o o nega i shimasu.	麻煩給我收據。

補充詞庫

会計	Kaikei	結帳
クレジットカード	Kurejitto kādo	信用卡
サイン	Sain	簽名
日本円	Nihon en	日幣
ドル	Doru	美金
おつり	O tsu ri	零金、找錢

挑戰與當地人對話

(1)あなた：会計をお願いします。
かいけい　　ねが
 Kaikei o o nega i shimasu.
麻煩我要結帳。

　係　員：ごいっしょでよろしいでしょうか？
Go issho de yoroshīdeshou ka?
要算在一起嗎？

(2)あなた：カードでいいですか？
Kādode ī desuka?
可以刷卡嗎？

　係　員：すみませんが、うちは現金しか…。
げんきん
Sumimasen ga, uchi wa genkin shika....
非常抱歉，我們只收現金。

(3)あなた：金額が違います。
きんがく　ちが
Kingaku ga chi ga i masu.
金額不對唷！

　係　員：こちらには消費税が含まれています。
しょうひぜい　　ふく
Kochira ni wa shōhizei ga fuku marete imasu.
這裡是含消費稅。

(4)あなた：この料金はなんですか？
りょうきん
 Kono ryōkin wa nan desuka?
這個費用是什麼？

　係　員：消費税です。
しょうひぜい
Shōhizei desu.
是消費稅。

第一章 基本表現日語

第二章 從登機到通關日語

第三章 問路、交通日語

第四章 飯店往宿日語

第五章 用餐日語

第六章 觀光必備日語

第七章 電話、郵局日語

第八章 上街購物日語

第九章 急難救命日語

第十章 準備回國

27

簡易的速食餐廳

實況會話練習 ①

A：いらっしゃいませ。
Irasshai mase.

B：Aセットをください。
A setto o kudasai.

A：お持ち帰りですか？
O mo chi kae ri desuka?

B：いいえ、ここで食べます。
Īe, koko de ta be masu.

A：歡迎光臨。
B：請給我A套餐。
A：帶走嗎？
B：不是，在這裡吃。

實況會話練習 ②

A：お飲物(のみもの)はどうなさいますか？
　　O nomi mono wa dō na sai masuka?

B：コーラ、Mサイズで。
　　Kōra, emu saizu de.

A：ご注文(ちゅうもん)はこれで全部(ぜんぶ)ですか？
　　Go chūmon wa kore de zenbu desuka?

B：はい、そうです。
　　Hai, sōdesu.

　　A：您要什麼飲料？
　　B：中杯可樂。
　　A：您全部要點的就是這些嗎？
　　B：是的。

迷你說明

‧ 很多人到麥當勞等速食餐廳，都是買了就走，所以，服務生通常會問你「お持ち帰(もちかえ)りですか（O mo chi kae ri desuka）」（您要帶回去嗎？），或「ここで召(め)し上(あ)がりますか（Koko de me shi a gari masuka）」（您要在這裡吃嗎？）。

‧ 速食餐廳裡的可樂，跟我們一樣也分大、中、小，只要直接說英文的「L,M,S」，後面接不接「サイズ（Saizu）」都沒關係。

127

第一章 基本表現日語
第二章 從登機到通關日語
第三章 問路、交通日語
第四章 飯店住宿日語
第五章 用餐日語
第六章 觀光必備日語
第七章 電話、郵局日語
第八章 上街購物日語
第九章 急難救命日語
第十章 準備回國

ハンバーガーとフライドポテトをひとつください。 Hanbāgā to furaidopoteto o hitotsu kudasai.	請給我一份漢堡和炸薯條。
ここで食べます。 Koko de ta be masu.	在這裡吃。
ひとついくらですか？ Hitotsu ikura desuka?	一個多少呢？
アイスコーヒーをください。 Aisuk ō hī o kudasai.	請給我冰咖啡。
注文はこれで全部ですか？ Chūmon wa kore de zenbu desu ka?	您全部要點的就是這些嗎？
この席に座ってもいいですか？ Kono seki ni su watte mo ī desuka?	這個位子可以坐嗎？

補充詞庫

オレンジジュース	Orenji jūsu	柳橙汁
アイスクリーム	Aisukurīmu	冰淇淋
ハンバーガー	Hanbāgā	漢堡
サンドイッチ	Sando itchi	三明治
サラダ	Sarada	沙拉
ケチャップ	Kechappu	番茄醬

挑戰與當地人對話

(1)係　員：なにになさいますか？
　　　　　　Nani ni nasai masuka?
　　　　　　您要點什麼？

　　あなた：Aセットをください。
　　　　　　A setto o kudasai.
　　　　　　請給我A套餐。

(2)係　員：ここで召し上がりますか？
　　　　　　Koko de me shi a gari masuka?
　　　　　　您要在這裡吃嗎？

　　あなた：はい、ここで食べます。
　　　　　　Hai, koko de ta be masu.
　　　　　　是的，在這裡吃。

(3)係　員：お飲物はどうしますか？
　　　　　　O nomi mono wa dō shi masuka?
　　　　　　您要什麼飲料？

　　あなた：コーラを、Mサイズで。
　　　　　　Kōra o, emu saizu de.
　　　　　　給我中杯可樂。

(4)係　員：二番でお待ちのお客様ですか？
　　　　　　Ni-ban de o ma chino o kyakusama desuka?
　　　　　　您是2號的客人嗎？

　　あなた：はい、そうです。
　　　　　　Hai,-sōdesu.
　　　　　　是的。

第一章 基本表現日語
第二章 從登機到通關日語
第三章 問路、交通日語
第四章 飯店往宿日語
第五章 用餐日語
第六章 觀光必備日語
第七章 電話、郵局日語
第八章 上街購物日語
第九章 急難救命日語
第十章 準備回國

28

浪漫的咖啡廳

實況會話練習 ①

A：それはなんですか？
　　Sorehana ndesu ka?

B：カプチーノです。
　　Kapuchīno desu.

A：灰皿はありませんか？
　　Haizara wa ari masenka?

B：申しわけありませんが、全店、禁煙席です。
　　Mō shiwake ari masen ga, zenten, kin enseki desu.

A：那是什麼？

B：是Cappuchino。

A：有沒有煙灰缸？

B：非常抱歉，全店禁止吸菸。

A：すみません。
Sumi masen.

B：はい。
Hai.

A：ここに座<ruby>座<rt>すわ</rt></ruby>っていいですか？
Koko ni su watte ī desuka?

B：ええ、かまいません。
E e, kama i masen.

A：請問……

B：是。

A：這裡可以坐嗎？

B：可以，沒關係。

迷你說明

· 店裡沒有座位，只好跟別人同桌進餐時，先客氣地跟對方説「ここに座っていいですか（Koko ni su watte ī desuka）」。同桌日語是「あいせき（Ai seki）」，一般店裡沒有坐位時，服務人員會事先問你「あいせきでいいですか（Aiseki de ī desuka）」，意思是説「您可以跟別人一起坐嗎？」。

第一章 基本表現日語

第二章 從登機到通關日語

第三章 問路、交通日語

第四章 飯店往宿日語

第五章 用餐日語

第六章 觀光必備日語

第七章 電話、郵局日語

第八章 上街購物日語

第九章 急難救命日語

第十章 準備回國

ホットコーヒーをください。 Hotto kōhī o kudasai.	請給我熱咖啡。
それをください。 Sore o kudasai.	請給我那個。
ミルクはありますか？ Miruku wa ari masuka?	有奶精嗎？
タバコを吸ってもいいですか？ Tabako o sutte mo ī desuka?	可以抽煙嗎？
この席は空いていますか？ Kono seki wa a ite i masuka?	這個位子有人坐嗎？
ここに座ってもいいですか？ Koko ni su watte mo ī desuka?	這裡可以坐嗎？

補充詞庫

禁煙席	Kin en seki	禁菸區
喫煙席	Kitsuen seki	吸菸區
灰皿	Haizara	煙灰缸
トースト	Tōsuto	土司
合い席	A i seki	併桌
いくら	Ikura	多少錢

挑戰與當地人對話

(1)あなた：それはなんですか？
　　　　　Sore hana ndesu ka?
　　　　　那是什麼？

　係　員：アメリカンコーヒーです。
　　　　　Amerikan kōhī desu.
　　　　　那是美式咖啡。

(2)あなた：灰皿はありませんか？
　　　　　Haizara wa ari masenka?
　　　　　有沒有煙灰缸？

　係　員：はい、棚の上にございます。
　　　　　Hai, dana no ue ni goza imasu.
　　　　　有，在架子上。

(3)あなた：すみません。
　　　　　Sumi masen.
　　　　　對不起。

　係　員：はい、なんでしょう？
　　　　　Hai,nan deshou?.
　　　　　是，什麼事？

(4)あなた：ここに座っていいですか？
　　　　　Koko ni su watte ī desuka?
　　　　　這裡可以坐嗎？

　お　客：すみません、人が来ます。
　　　　　Sumimasen, hito ga ki masu.
　　　　　對不起，這裡有人。

第一章 基本表現日語
第二章 從登機到通關日語
第三章 問路、交通日語
第四章 飯店往宿日語
第五章 用餐日語
第六章 觀光必備日語
第七章 電話、郵局日語
第八章 上街購物日語
第九章 急難救命日語
第十章 準備回國

第六章

觀光必備日語

29

旅遊服務中心在哪裡

實況會話練習 ①

A：観光案内所はどこですか？
かんこうあんないじょ
Kankōan'naijo wa doko desuka?

B：こちらです。
Kochira desu.

A：市内地図をください。
しないちず
Shina i chizu o kudasai.

B：はい、どうぞ。
Hai, dōzo.

A：觀光服務中心在哪裡？
B：這裡就是。
A：請給我市內的地圖。
B：好的，請。

實況會話練習 ②

A：市内観光はありますか？
しないかんこう
Shinai kankō wa a ri masuka?

B：はい、あります。
Hai, a ri masu.

A：いくらですか？
I kura desuka?

B：大人ひとり四千円です。
おとな　　　　よんせんえん
Otona hito ri yon sen en desu.

A：有沒有市內觀光？
B：有。
A：多少錢？
B：大人一張四千圓。

第一章
基本表現日語

第二章
從登機到通關日語

第三章
問路、交通日語

第四章
飯店往宿日語

第五章
用餐日語

第六章
觀光必備日語

第七章
電話、郵局日語

第八章
上街購物日語

第九章
急難救命日語

第十章
準備回國

迷你說明

‧ 當天出門，當天回來叫「日帰り（Hi ga e ri）」。所以一日遊就是
「日帰りツアー（Hi ga e ri tsuā」。出差一天就回來的是「日帰り出張（Hi
ga e ri shutchō）」。
ひがえ

‧ 出去玩兩天一夜的説「二日一泊（ふつかいっぱく）（Futsu ka
ippaku）」，三天兩夜是「三日二泊（みっかにはく）(Mikka ni haku)」。

日帰りツアーはありますか？ Hi ga e ri tsu a - wa ari masuka?	有沒有一日遊？
どんなツアーがありますか？ Don'na tsu a - ga ari masu ka?	有什麼樣的團？
出発はいつですか？ Shuppatsu wa itsu desuka?	什麼時候出發？
観光にいい場所はどこですか？ Kankō ni ī ba sho wa do ko desuka?	哪裡有不錯的觀光地？
夜の観光にいいところはありますか？ Yoru no kankō ni ī tokoro wa ari masuka?	有沒有適合晚上的觀光地？
いくらですか？ Ikura desuka?	多少錢？

補充詞庫

遊園地	Yū en chi	遊樂場
美術館	Bijutsukan	美術館
博物館	Haku butsukan	博物館
記念館	Ki nen kan	紀念館
劇場	Gekijō	劇院
歌舞伎町	Kabuki chō	歌舞伎町

挑戰與當地人對話

(1)あなた：観光案内所はどこですか？
かんこうあんないじょ
Kankō an naijo wa doko desuka?
觀光服務中心在哪裡？

　係　員：駅の入り口にあります。
えき　い　ぐち
Eki no i ri guchi ni arimasu.
在車站的入口有。

(2)あなた：地図をください。
ち　ず
Chizu o kudasai.
請給我地圖。

　係　員：よかったら、こちらは無料でさしあげますよ。
むりょう
Yokattara, kochira wa muryo u de sashi a ge masu yo.
如果您要的話，這是不用錢的，給您。

(3)あなた：市内観光はありますか？
しないかんこう
Shinai kankō wa a ri masuka?
有沒有市內觀光？

　係　員：はとバスがあります。
Hato basu ga arimasu.
有鴿子巴士。

(4)あなた：いくらですか？
Ikura desuka?
多少錢？

　係　員：コースによって違います。
ちが
Kōsu ni yotte chi ga imasu.
那要看行程，價錢不一定。

第一章 基本表現日語
第二章 從登機到通關日語
第三章 問路‧交通日語
第四章 飯店往宿日語
第五章 用餐日語
第六章 觀光必備日語
第七章 電話‧郵局日語
第八章 上街購物日語
第九章 急難救命日語
第十章 準備回國

30

可以麻煩你幫我拍照嗎

實況會話練習 ①

A：すみません、ここで写真を撮ってもいいですか？

　　Sumimasen, koko de shashin o totte mo ī desuka?

B：ええ、かまいませんが。

　　Ee, kama i masenga.

A：では、シャッターを押してもらえませんか？

　　Dewa, shattā o o shite mora e masenka?

B：はい、いいですよ。

　　Hai, ī desu yo.

　　A：對不起，這裡可以拍照嗎？
　　B：可以，沒有問題。
　　A：那麼，可以請您幫我按一下快門嗎？
　　B：可以。

第一章 基本表現日語

第二章 從登機到通關日語

第三章 問路、交通日語

第四章 飯店住宿日語

第五章 用餐日語

第六章 觀光必備日語

第七章 電話、郵局日語

第八章 上街購物日語

第九章 急難救命日語

第十章 準備回國

實況會話練習 ②

A：どうすればいいですか？
Dōsureba ī desuka?

B：ここを押すだけです。
Koko o o su da kedesu.

A：これですか？
Kore desuka?

B：はい。もう一枚お願いします。
Hai. Mō ichimai o nega i shimasu.

A：要怎麼拍呢？
B：按這個就可以了。
A：這個嗎？
B：是的，麻煩再幫我拍一張。

迷你說明

・請別人為自己做某事，或者帶著感激的心情接受別人為自己做事的時候，說「～てもらいますか（Te moraimasu ka）」。更有禮貌的說法是「～てもらえませんか（Te mora e masenka）」。它跟「～ていただけますか（Te itadake masuka）」意思相同，但語氣比較隨便。如果譯成中文的話就是「～請為我～」。

電池を三本ください。 Denchi o san pon kudasai.	請給我三個電池。
２４枚撮りのカラーフィルムを一本ください。 Nijūyon mai to ri no karāfirumu o ichi pon kudasai.	請給我二十四張的彩色底片。
あなたを写してもいいですか？ Anata o utsushite mo ī desuka?	可以連你一起拍下來嗎？
あなたといっしょに写真を撮ってもいいですか？ Anata to issho ni shashin o totte mo ī desuka?	可以跟你合照嗎？
フラッシュを使ってもいいですか？ Furasshu o tsukatte mo ī desuka?	可以用閃光燈嗎？
写真を送りますから。お名前とご住所を教えてください。 Shashin o oku ri masukara. Onamae to go jū sho o oshiete kudasai.	可以給我您的姓名及住址嗎？我會將照片寄給您。

補充詞庫

フラッシュ	Furasshu	閃光燈
３６枚撮り	Sanjūrotsu mai to ri	三十六張底片
シャッター	Shattā	快門
白黒フィルム	Shiro kuro firumu	黑白軟片
三脚	Sankyaku	三角架
現像	Gen zō	洗照片

第一章
基本表現日語

第二章
從登機到通關日語

第三章
問路、交通日語

第四章
飯店往宿日語

第五章
用餐日語

第六章
觀光必備日語

第七章
電話、郵局日語

第八章
上街購物日語

第九章
急難救命日語

第十章
準備回國

挑戰與當地人對話

(1)あなた：ここで写真を撮ってもいいですか？
　　　　　Koko de shashin o totte mo ī desuka?
　　　　　可以在這裡拍照嗎？

　係　員：はい、大丈夫です。
　　　　　Hai, daijōbu desu.
　　　　　可以，沒有問題。

(2)あなた：シャッターを押してもらえませんか？
　　　　　Shattā o o shite mo ra e masenka?
　　　　　可以幫我按一下快門嗎？

　係　員：いいですよ。
　　　　　Ī desuyo.
　　　　　可以。

(3)あなた：ここを押すだけです。
　　　　　Koko o o su da kedesu.
　　　　　只要按這個就可以了。

　係　員：このボタンですね。
　　　　　Kono botan desune.
　　　　　這個按鈕嗎？

(4)あなた：もう一枚お願いします。
　　　　　Mō ichimai o nega i shimasu.
　　　　　麻煩再拍一張。

　係　員：でもフィルムがもうありませんよ。
　　　　　Demo firumu ga mō arimasen yo.
　　　　　可是已經沒有底片了唷！

31

好玩的一日遊巴士

實況會話練習 ①

A：これは温泉日帰りツアーのバスですか？
　　Kore wa on sen hi ga e ri tsuā no basu desuka?

B：はい、そうです。
　　Hai,-sōdesu.

A：英語のガイドがつきますか？
　　Eigo no gaido ga tsuki masuka?

B：いいえ、つきませんが。
　　Īe, tsuki masenga.

　　A：這是溫泉一日遊巴士嗎？
　　B：是的。
　　A：有附會説英語的導遊嗎？
　　B：沒有。

第一章 基本表現日語

第二章 從登機到通關日語

第三章 問路、交通日語

第四章 飯店往宿日語

第五章 用餐日語

第六章 觀光必備日語

第七章 電話、郵局日語

第八章 上街購物日語

第九章 急難救命日語

第十章 準備回國

實況會話練習 ②

A：あれはなんですか？
Are wa nan desuka?

B：皇居（こうきょ）です。あそこでも止（と）まりますよ。
Kōkyo desu. Asoko demo to mari masuyo.

A：どのぐらい止（と）まりますか？
Dono gurai to mari masuka?

B：三十分（さんじゅうぶん）ぐらいです。
Sanjūbun gura i desu.

　　A：那裡是什麼地方？
　　B：是皇居，我們也會停在那裡。
　　A：預定停多久呢？
　　B：三十分鐘左右。

迷你說明

· 問停留的時間有多少，說「どのぐらいとまりますか（Dono gurai tomarimasu ka）」。「どのぐらい（Dono gurai）」表示「多少」，除了時間外，還可以用在距離、數量、金額、大小、高低的時候。例如「ここから　校までどのくらいありますか（Koko kara gakkō made dono kurai arimasu ka）」（從這裡到火車站有多遠？）、「その帽子はどのぐらいしますか（Sono bōshi wa dono gurai shimasu ka）」（那頂帽子多少錢買的？）。

これは日帰りツアーのバスですか？ Kore wa hi ga e ri tsuā no basu desuka?	這是一日遊巴士嗎？
都内ツアーのはとバスはどこですか？ Tonai tsuā no hato basu wa doko desuka?	都內觀光的鴿子巴士在哪裡？
いつ出発しますか？ Itsu shuppatsu shi masuka?	什麼時候出發呢？
まもなく出ます。 Mamonaku de masu.	馬上就出發。
追加料金は必要ですか？ Tsui karyō kin wa hitsuyō desuka?	會追加費用嗎？
何時ごろ帰りますか？ Nanji goro ka e ri masuka?	什麼時候回來呢？

充詞庫

入場券	Nyūjō ken	入場券
チケット	Chiketto	入場券
絵はがき	E ha gaki	風景明信片
パンフレット	Panfuretto	簡介手冊
手荷物預かり所	Te ni motsu azu kari sho	手提行李保管處
ガイド料金	Gaido ryōkin	導遊費

挑戰與當地人對話

(1)あなた：これは温泉日帰りツアーのバスですか？
　　　　　Kore wa on sen hi ga e ri tsu a - no basu desuka?
　　　　　這是溫泉一日遊巴士嗎？

　係　員：いいえ、違います。それはとなりのバスです。
　　　　　Īe, chi ga i masu. Sore wa to nari no basu desu.
　　　　　不是，那台巴士在隔壁。

(2)あなた：英語のガイドがつきますか？
　　　　　Eigo no gaido ga tsuki masuka?
　　　　　有附説英語的導遊嗎？

　係　員：土日のバスにしかつきません。
　　　　　Do ni chi no basu ni shi ka tsuki masen.
　　　　　只有星期六、日的巴士才有。

(3)あなた：あれはなんですか？
　　　　　Are wa nandesu ka?
　　　　　那是什麼地方？

　係　員：東京駅です。
　　　　　Tōkyō eki desu.
　　　　　是東京車站。

(4)あなた：ここでどのぐらい止まりますか？
　　　　　Koko de dono gurai to mari masuka?
　　　　　預定在這裡停留多久？

　係　員：十時三十分までです。
　　　　　Ji yuuji san juu pun madedesu.
　　　　　到十點三十分。

第一章 基本表現日語
第二章 從登機到通關日語
第三章 問路、交通日語
第四章 飯店往宿日語
第五章 用餐日語
第六章 觀光必備日語
第七章 電話、郵局日語
第八章 上街購物日語
第九章 急難救命日語
第十章 準備回國

32

開車自助旅行

實況會話練習 ①

A：レンタカーのカウンターはどこですか？
Rentakā no kauntā wa dokodesu ka?

B：こちらですが。
Kochiradesuga.

A：レンタカーを借りたいのですが。
Rentakā o ka ri tai no desuga.

B：では、この用紙に記入してください。
Dewa, kono yōshi ni ki ni yuu shite kudasai.

A：租車櫃檯在哪裡？
B：就在這裡。
A：我想租車。
B：那麼請您填這份表格。

實況會話練習 ②

A：免許証は持っていますか？
Menki yoshou wa ji motte i masuka?

B：はい、国際免許証を持っています。
Hai, ko kusai menki yoshou o motte imasu.

A：どんなお車がよろしいでしょうか？
Don na o kuruma ga yoroshī de shouka?

B：小さい車がいいです。
Chī sai kuruma ga ī desu.

A：您有駕照嗎？
B：有，我有國際駕照。
A：您想要什麼樣的車子呢？
B：我想要小型車。

迷你說明

・ 想要租車，先要把價錢打聽清楚。問價錢最簡單的句型是「～いくらですか (Ikura desuka)」。

・ 當價錢談妥，準備要租車了，這裡的要用「たい (Tai)」。「動詞ます形+たい」表示希望或慾望。例如，看到漂亮的衣服就跟你的另一半說「買いたい (Ka i ta i)」（我想買），時間晚了說「帰りたい (Ka e ri ta i)」（我想回去）。那麼說到狄斯耐樂園你一定是「行(い)きたい (i ki tai)」（我想去）囉！

第一章 基本表現日語
第二章 從登機到通關日語
第三章 問路、交通日語
第四章 飯店往宿日語
第五章 用餐日語
第六章 觀光必備日語
第七章 電話、郵局日語
第八章 上街購物日語
第九章 急難救命日語
第十章 準備回國

うんてんせき みぎ 運転席は右になっております。 Un ten seki wa migi ni natte o rimasu.	司機的位置 在右邊。
ひだりがわつうこう うんてん だいじょうぶ 左側通行ですが、運転は大丈夫ですか？ Hidari ga wa tsū kō desuga, unten wa daijōbu desuka?	這裡是靠左 通行，開車 沒問題吧？
りょうきん ほけん ふく 料金に保険は含まれていますか？ Ryō kin ni hoken wa fuku ma rete i masuka?	費用裡面有 含保險嗎？
えいぎょうじょ かえ だいじょうぶ どの営業所に返しても大丈夫ですか？ Dono ei gyo uji yo ni ka e shite mo daijōbu desuka?	在任何一個 營業所都可 以還車嗎？
か まえ の 借りる前に乗ってみてもいいですか？ Ka ri ru mae ni notte mite mo ī desuka?	租車前可以 試車嗎？
まん たん がえ ガソリンは満タン返しですか？ Gasorin wa man tan ga e shidesu ka?	還車時要將 油加滿嗎？

補充詞庫

こくさいめんきょ 国際免許	Kokusai menkyo	國際駕照
ほけんりょうきん 保険料金	Hoken ryōkin	保險費用
こうつういはん 交通違反	Kōtsū ihan	違反交通
スピードオーバー	Supī do ōbā	超速
ばっきん 罰金	Bakkin	罰款
むめんきょうんてん 無免許運転	Mumenkyo unten	無照駕駛

挑戰與當地人對話

(1)あなた：レンタカーのカウンターはどこですか？
Rentakā no kauntā wa doko desuka?
哪裡租車櫃檯？

係　員：突き当たりのところにあります。
Tsu ki a tari no tokoro ni arimasu.
在盡頭的地方。

(2)あなた：レンタカーを借りたいのですが。
Rentakā o ka ritai no desuga.
我想租車。

係　員：運転席は右でもいいですか？
Unten seki wa migi demo ī desuka?
駕駛座在右邊可以嗎？

(3)係　員：運転免許証はお持ちでしょうか？
Unten menkyoshō wa o mo chi deshouka?
您有駕照嗎？

あなた：はい、国際免許証を持っています。
Hai, kokusai menkyoshō o motte imasu.
有，我有國際駕照。

(4)係　員：この車はいかがですか？
Kono kuruma wa ikaga desuka?
那部車子怎麼樣？

あなた：もっと小さい車がいいです。
Motto chī sai kuruma ga ī desu.
我想要再小一點的車子。

第一章 基本表現日語

第二章 從登機到通關日語

第三章 問路、交通日語

第四章 飯店住宿日語

第五章 用餐日語

第六章 觀光必備日語

第七章 電話、郵局日語

第八章 上街購物日語

第九章 急難救命日語

第十章 準備回國

33

好熱鬧的日本慶典

實況會話練習 ①

A：今日はなんのお祭りですか？
きょう　　　　　　　　まつ

Kyō wa nan no o matsuri desuka?

B：浅草寺のお祭りです。
せんそうじ　　　　まつ

Sen sōji no omatsuri desu.

A：おみこしにはどんな意味がありますか？
い　み

O mikoshi ni wa don'na imi ga ari masuka?

B：おみこしは、神様の乗り物です。
かみさま　　の　もの

Omikoshi wa, kami sama no no ri mono desu.

A：今天是什麼慶典呢？
B：今天是淺草寺的慶典。
A：抬神轎有什麼意義呢？
B：抬神轎是神搭乘的轎。

第一章 基本表現日語

第二章 從登機到通關日語

第三章 問路、交通日語

第四章 飯店往宿日語

第五章 用餐日語

第六章 觀光必備日語

第七章 電話、郵局日語

第八章 上街購物日語

第九章 急難救命日語

第十章 準備回國

實況會話練習 ②

A：今日はなんの日ですか？

Kyō wa nan no hi desuka?

B：特別な日ではありませんが、みんな花見をしています。

Tokubetsu na hi de wa ari masenga, minna hanami o shite imasu.

A：花見ってなんですか？

Hanami ttenan desuka?

B：桜の花を見ながら、酒を飲んだり騒いだりします。

Sakura no hana o mi na gara, sake o non dari sawa i dari shimasu.

A：今天是什麼日子？

B：今天沒什麼特別的日子，只是大家在賞花。

A：賞花是什麼呢？

B：一邊賞櫻花一邊喝酒，熱鬧熱鬧。

迷你說明

・問別人不明白的詞句時，說「〔不明白的詞句〕って、なんですか (Tte,na ndesu ka)」。也可以說「〔不明白的詞句〕っていうのは、なんですか (Tte i u no wa,nan desuka)」。最簡單的說法是「〔不明白的詞句〕って (Tte)」。這種說法，在日劇上一定常聽到吧！

・如果是要跟對方做解釋時，說「〔不明白的詞句〕っていうのは (Tte tte iu no wa)、〔解釋名詞句〕のことです (No koto desu)」。

日本のお正月は何月何日ですか？ Nihon no o shōgatsu wa nangatsnan nichi desuka?	日本的新年是幾月幾號？
初もうではいつしますか？ Hatsu mō dewa itsu shimasuka?	初一的拜拜什麼時候去？
お祭りの時、タブーがありますか？ O matsuri no toki , tabū ga ari masuka?	慶典的時候，有什麼禁忌嗎？
一番盛り上がる日はいつですか？ Ichiban mo ri a garu hi wa itsu desuka?	哪一天最熱鬧？
盆踊りってなんですか？ Bon odorit te nan desuka?	盂蘭跳舞節是什麼？
ゴールデンウィークはいつからですか？ Gōruden'u īku wa itsukara desuka?	黃金週從哪一天開始？

補充詞庫

元旦	Gantan	元旦
成人の日	Seijin no hi	成人節
ひな祭り	Hina matsu ri	桃花節、女兒節
こどもの日	Kodomo no hi	兒童節
お盆	Obon	中元節
天皇誕生日	Tennō tanjō bi	天皇誕辰

挑戰與當地人對話

(1)あなた：今日はなんのお祭りですか？
Kyō wa nan no o matsuri desuka?
今天是什麼慶典？

係　員：盆踊りの日です。
Bon o dori no hi desu
今天是盂蘭跳舞節。

(2)あなた：どんな由来のあるお祭りですか？
Don'na yurai no aru o matsuri desuka?
這個慶典有什麼由來呢？

係　員：説明すると長くなりますが、…。
Setsumei suru to naga ku nari masuga
要説明的話，則説來話長了。

(3)あなた：今日はなんの日ですか？
Kyō wa nan no hi desuka?
今天是什麼日子？

係　員：大晦日です。
Ō miso ka desu.
今天是除夕夜。

(4)係　員：今日は「たなばた」祭りですよ。
Kyō wa tanabata matsuri desuyo.
今天是七夕。

あなた：「たなばた」ってなんですか？
Tanabata tte nan desuka?
七夕是什麼？

第一章 基本表現日語
第二章 從登機到通關日語
第三章 問路、交通日語
第四章 飯店往宿日語
第五章 用餐日語
第六章 觀光必備日語
第七章 電話、郵局日語
第八章 上街購物日語
第九章 急難救命日語
第十章 準備回國

34

看齣電影也不錯

實況會話練習 ①

A：どんな映画をやっていますか？
Don'na eiga o yatte i masuka?

B：「隣のヒットマン」がおもしろいですよ。
`Tonari no hi ttoman' ga o mo shiroi desuyo.

A：主役は誰ですか？
Shuyaku wa dare desuka?

B：ブルース・ウィリスです。
Burūsu u irisudesu.

A：今天演什麼電影？
B：今天上映的「殺手不眨眼」很有趣喲！
A：主角是誰？
B：布魯斯威利。

A：どこでやっていますか？

　　Doko de yatte i masuka?

B：渋谷東急です。
　　しぶやとうきゅう

　　Shibu ya tōkyū desu.

A：入場券はいくらですか？
　　にゅうじょうけん

　　Nyūjōken wa ikura desuka?

B：学生なら、千三百円です。
　　がくせい　　　せんさんびゃくえん

　　Gakusei na ra, sen san bya ku en desu.

A：哪裡有上映？

B：涉谷東急。

A：電影票多少錢？

B：學生的話，一千三百圓。

迷你說明

・跟對方説如果怎麼樣，就怎麼樣，説「〔普通形〕+なら（Nara）」。
這個句型是以話題中提到的或由語境可以判斷的某一事物為前提。也就
是，就此前提而論～。相當於中文的「如果～就～」。

第一章 基本表現日語
第二章 從登機到通關日語
第三章 問路、交通日語
第四章 飯店往宿日語
第五章 用餐日語
第六章 觀光必備日語
第七章 電話、郵局日語
第八章 上街購物日語
第九章 急難救命日語
第十章 準備回國

この映画はどこで上映していますか？ kono ei ga wa do ko de ji you e i shite imasuka?	這部電影在哪裡上映？
その映画館へはどう行けばいいのですか？ Sono eigakan he wa dō i keba ī nodesuka?	那個電影院要怎麼去比較好？
何時から始まりますか？ Itsu kara haji mari masuka?	幾點開始？
何時に終わりますか？ Itsu ni o wari masuka?	幾點結束？
新宿コマ劇場はどこですか？ Shinjuku koma gekijō wa doko desuka?	新宿KOMA劇場在哪裡？
チケットはいくらですか？ Chiketto wa ikura desuka?	電影票多少錢？

補充詞庫

時代劇	Ji dai geki	古裝劇
アニメーション	Ani mē shon	卡通
ミュージカル映画	Myūjikaru ei ga	歌舞片
監督	Kan toku	導演
脚本	Kyaku hon	劇本
主役	shiyu yaku	主角

挑戰與當地人對話

(1)あなた：どんな映画をやっていますか？
     Don'na ei ga o yatte i masuka?
     今天放映什麼電影？

  係　員：とってもおもしろいアニメーションをやっ
          ています。
     Totte mo omoshiroi animēshon o yatte imasu.
     今天放映很有趣的卡通電影。

(2)あなた：主役は誰ですか？
     Shiyu yaku wa dare desuka?
     主角是誰？

  係　員：小林幸子です。
     Kobayashi sachiko desu.
     是小林幸子。

(3)あなた：どこでやっていますか？
     Doko de yatte i masuka?
     在哪裡上演呢？

  係　員：新宿のコマ劇場です。
     Shinjuku no koma gekijō desu.
     在新宿的KOMA劇場。

(4)あなた：入場券はいくらですか？
     Nyūjō ken wa i kura desuka?
     電影票多少錢呢？

  係　員：学生なら千五百円です。
     Gakusei na ra sengohyakuen desu.
     學生的話，一千五百圓。

第一章 基本表現日語
第二章 從登機到通關日語
第三章 問路、交通日語
第四章 飯店住宿日語
第五章 用餐日語
第六章 觀光必備日語
第七章 電話、郵局日語
第八章 上街購物日語
第九章 急難救命日語
第十章 準備回國

第七章

電話、郵局日語

35

我要打電話

實況會話練習 ①

A：もしもし、台湾へコレクトコールをかけたいの
　　ですが。
　　Moshimoshi, Taiwan e korekutokōru o kaketai no desuga.

B：先方の番号とお名前をどうぞ。
　　Senpō no bangō to o namae o dōzo.

A：台北02－1234－5678，王美です。
　　Taipei 02 - 1234 - 5678, ō bi desu.

B：電話をお切りになってお待ちください。
　　Denwa o o ki ri ni natte o machi
　　kudasai.

A：喂，我想打對方付費電話到
　　台灣。
B：請給我對方的電話號碼和姓
　　名。
A：台北，0212345678，王美。
B：請將電話掛掉，稍等一下。

第一章 基本表現日語

第二章 從登機到通關日語

第三章 問路、交通日語

第四章 飯店往宿日語

第五章 用餐日語

第六章 觀光必備日語

第七章 電話、郵局日語

第八章 上街購物日語

第九章 急難救命日語

第十章 準備回國

實況會話練習 ②

A：もしもし、鈴木さんをお願いします。

Moshimoshi, Suzuki san o o nega i shi masu.

B：どちら様でしょうか？

Dochira sama de shouka?

A：台湾の王ですが。

Taiwan no ō de suga.

B：少々お待ちください。

Shōshō o machi kudasai.

A：喂，請接鈴木先生。

B：請問是哪位？

A：我是台灣來的，姓王。

B：請您稍等一下。

迷你說明

・用在打電話，相當於中文的「喂」的就是「もしもし.(Moshi moshi.)」。打完電話，要放電話時說「じゃ失礼します.(Ja shitsurei shimasu.)（那，再見了！）」。如果你打錯電話了，要道歉地說：「すみません、間違えました.(Sumimasen, machiga e mashita.)（對不起，我打錯了）」。

・在日本打電話，只能用十日圓跟一百日圓，還有電話卡。

オペレーターですか？ Operētā desuka?	是接線生嗎？
台湾_{たいわん}まで国際電話_{こくさいでんわ}をかけたいのですが。 Taiwan made ko kusai denwa o kaketai no desuga.	我想打國際電話到台灣去。
国際電話_{こくさいでんわ}のかけ方_{かた}を教_{おし}えてくれませんか？ Kokusai denwa no kake kata o oshi ete kure masenka?	教我如何打國際電話好嗎？
テレホンカードはどこで買_かえますか？ Terehonkādo wa dokode ka e masuka?	哪裡可以買到電話卡呢？
いくらですか？ Ikura desuka?	多少錢？
どんな電話機_{でんわき}で国際電話_{こくさいでんわ}はかけられますか？ Donna denwaki de ko kusai denwa wa kake ra re masuka?	什麼樣的電話可以打國際電話呢？

補充詞庫

公衆電話_{こうしゅうでんわ}	kō shū denwa	公共電話
電話_{でんわ}ボックス	Denwa bokkusu	電話亭
内線_{ないせん}	Nai sen	分機
話_{はな}し中_{ちゅう}	Hana shi chi yuu	電話中
テレホンカード	Terehon kādo	電話卡
受話器_{じゅわき}	Juwaki	電話聽筒

挑戰與當地人對話

(1)あなた：もしもし、台湾へコレクトコールをかけた
いのですが。

Moshimoshi, Taiwan e korekuto kō ru o kaketai no
desuga.

喂，我想打對方付費電話到台灣。

係　員：お客様の電話から直通でかけられます。

O kyakusama no denwa kara choku tsū de kake ra
remasu.

你的電話可以直撥。

(2)係　員：相手のお電話番号とお名前をお願いします。

Aite no o tenwa bangō to o namae o
onegaishimasu.

請給我對方的電話號碼和姓名。

あなた：台北０２－１２３４－５６７８，王美です。

Taipei 02-1234-5678, ō bi desu.

台北，02-1234-5678，王美。

(3)あなた：もしもし、鈴木さんをお願いします。

Moshi moshi, Suzuki san o o nega i shi masu.

喂，請接鈴木先生。

係　員：ただいま席を外しております。

Tada i ma seki o hazu shite o ri masu.

他現在不在位置上。

(4)係　員：どなたでしょうか？

Donata de shouka?

請問是哪位？

あなた：台湾の王です。

Taiwan no ō desu.

我是台灣來的，姓王。

第一章 基本表現日語
第二章 從登機到通關日語
第三章 問路、交通日語
第四章 飯店往宿日語
第五章 用餐日語
第六章 觀光必備日語
第七章 電話、郵局日語
第八章 上街購物日語
第九章 急難救命日語
第十章 準備回國

36

我要寄信

實況會話練習 ①

A：このハガキを台湾に送りたいのですが。
Kono hagaki o Taiwan ni oku ri tai no desuga.

B：はい。
Hai.

A：宛先の書き方はこれでいいですか？
Atesaki no ka ki kata wa kore de ī desuka?

B：はい、けっこうです。
Hai, kekkō desu.

A：我想將這張明信片寄到台灣去。
B：好的。
A：收信人這樣寫可以嗎？
B：是的，沒有問題。

第一章 基本表現日語

第二章 從登機到通關日語

第三章 問路、交通日語

第四章 飯店住宿日語

第五章 用餐日語

第六章 觀光必備日語

第七章 電話、郵局日語

第八章 上街購物日語

第九章 急難救命日語

第十章 準備回國

實況會話練習 ②

A：台湾への航空便料金はいくらですか？
たいわん　　　こうくうびんりょうきん

Taiwan e no kōkū bin ryō kin wa ikura desuka?

B：重さによって違います。
おも　　　　　ちが

Omo sa ni yotte chi ga i masu.

A：船便なら、台湾には何日ぐらいで着きますか？
ふなびん　　　たいわん　　　なんにち　　　　　つ

Funabin nara, Taiwan ni wa nan ni chi gu rai de tsu ki masuka?

B：十四日ぐらいです。
じゅうよっか

Jū yokka gurai desu.

A：寄到台灣的航空郵件多少錢？
B：依重量而有所不同。
A：如果寄海運，到台灣要多久？
B：大概十四天。

迷你說明

・不管是寄信、寄包裹或寄匯票都可以用「送る（Oku ru）」這個動詞。
至於要寄到哪裡，就在前面加一個「に（Ni）」，然後前面再接要寄達的
地點，如「アメリカに送る.（Amerika ni okuru. Amerika ni okuru.）」（寄到
美國）、「中国に送る.（Chūgoku ni oku ru.）」（寄到中國）。

・問對方要用什麼方式寄，用助詞「で（De）」，例如「船便で.（Funabin
de.）」（用船運）、「書留で（Kakitome de）」（用掛號）。

167

この手紙（小包）を出すには、どうすればいいですか？ Kono tegami (ko dzutsumi) o da su ni wa, dōsureba ī desuka?	我想寄這蜂封信（包裹），要怎麼做？
船便（航空便）でお願いします。 Funabin (kōkū bin) de o nega i shimasu.	麻煩寄海運（空運）。
何日ぐらいかかりますか？ Nan ni chi gurai kaka ri masuka?	大概要花幾天？
いくらの切手が必要ですか？ Ikura no kitte ga hitsu yō desuka?	需要多少錢的郵票？
記念切手をください。 Ki nen kitte o kudasai.	請給我紀念郵票。
ハガキを十枚ください。 Hagaki o jūmai kudasai.	請給我十張明信卡。

補充詞庫

郵便局	Yū bin kyoku	郵局
ポスト	Posuto	郵筒
封筒	Fūtō	信封
住所	Jū sho	住址
印刷物	In satsu butsu	印刷品
切手を貼る	Kitte o wa ru	貼郵票

挑戰與當地人對話

(1)あなた：このハガキを台湾に送りたいのですが。
　　　　Kono hagaki o Taiwan ni oku ritai no desuga.
　　　　我想將這張明信片寄到台灣去。

　係　員：あそこの郵便ポストに投函してください。
　　　　Asoko no yūbin posuto ni tōkan shite kudasai.
　　　　請將它投入那裡的郵筒。

(2)あなた：宛先の書き方はこれでいいですか？
　　　　Atesaki no ka ki kata wa kore de ī desuka?
　　　　收信人這樣寫可以嗎？

　係　員：はい、けっこうです。
　　　　Hai, kekkō desu.
　　　　是的，沒有問題。

(3)あなた：台湾への航空便料金はいくらですか？
　　　　Taiwan e no kōkū bin ryōkin wa i kura desuka?
　　　　寄到台灣的航空郵件多少錢？

　係　員：はかってみましょう。
　　　　Hakatte mi mashou.
　　　　我來秤一秤。

(4)あなた：船便なら、台湾には何日ぐらいで着きますか？
　　　　Funa bin nara, Taiwan ni wa nan ni chi gurai de tsu ki masuka?
　　　　如果寄海運，到台灣要多久？

　係　員：二週間ぐらいですね。
　　　　Ni shū kan gurai desune.
　　　　大概兩個星期左右。

第一章 基本表現日語
第二章 從登機到通關日語
第三章 問路、交通日語
第四章 飯店往宿日語
第五章 用餐日語
第六章 觀光必備日語
第七章 電話、郵局日語
第八章 上街購物日語
第九章 急難救命日語
第十章 準備回國

第八章

上街購物日語

37

購物常用句子

實況會話練習 ①

A：買い物をしたいのですが。
Ka i mono o shitai no desuga.

B：はい、なにをお探しですか？
Hai, nani o o sa gu shi desuka?

A：日本酒がほしいのですが。
Nihonshu ga ho shī no desuga.

B：では、こちらです。
Dewa, kochira desu.

A：我想買東西。
B：好的，您要找什麼呢？
A：我想買日本酒。
B：那麼，在這裡。

第一章 基本表現日語

第二章 從登機到通關日語

第三章 問路·交通日語

第四章 飯店往宿日語

第五章 用餐日語

第六章 觀光必備日語

第七章 電話、郵局日語

第八章 上街購物日語

第九章 急難救命日語

第十章 準備回國

實況會話練習 ②

A：なにをお求めですか？
　　Nani o o moto me desuka?

B：あれを見せてください。
　　Are o mi sete kudasai.

A：こちらですね。
　　Kochira desune.

B：おいくらですか？
　　O ikura desuka?

　　A：您需要什麼？
　　B：請讓我看一下那個。
　　A：是這個吧。
　　B：多少錢？

迷你說明

· 最快樂的購物時間到了。在百貨公司，店員問你需要什麼的時候，通常說「なにをお探しですか. (Nani o o sagashidesu ka.)」或「なにをお求めですか. (Nani o o moto medesu ka.)」。

· 告訴店員自己要買什麼東西的時候，說「～がほしい (Ga hoshī)」。「名+が+ほしい」。這是表示希望得到某物的句型。「が (Ga)」前面是想要得到的東西。

ちょっと見てるだけです。 Chotto mi teru da kedesu.	我只是看看而已。
ブラウスを探しています。 Burausu o sa ga shite imasu.	我在找女用襯衫。
これと同じものを三つください。 Kore to dō (o na)ji mono o san (mi~tsu) tsu kudasai.	請給我三個和這個一樣的。
あまり気に入りません。 Amari ki ni i ri masen.	我不是很喜歡。
台湾に送ってもらえますか？ Taiwan ni okutte mo ra e masuka?	可以請你寄到台灣嗎？
郵送料はいくらですか？ Yū sōryō wa i ku ra desuka?	運費要多少錢？

補充詞庫

百貨店	Hi yakka ten	百貨店
スーパーマーケット	Sūpā māketto	超商
（メガネなどの）専門店	(Megane nado no) sen mon ten （眼鏡等的）專門店	
本屋	Hon ya	書店
写真屋	Shashin ya	照相館
おみやげや	O miyageya	土產店

挑戰與當地人對話

(1)あなた：買い物をしたいのですが。
Ka i mono o shita i no desuga.
我想買東西。

店　員：なにをお求めになられますか？
Nani o o moto me ni nara re masuka?
您需要什麼？

(2)あなた：日本酒がほしいのですが。
Ni hon shiyu ga hoshī no desuga.
我想買日本酒。

店　員：隣に酒屋があります。
Tonari ni sa kaya ga arimasu.
隔壁有賣酒的商店。

(3)あなた：あれを見せてください。
請讓我看一下那個。

店　員：こちらは一番人気がありますよ。
這個是最受歡迎的喲！

(4)あなた：おいくらですか？
O ikura desuka?
多少錢呢？

店　員：税込みで三千円になります。
Zeiko mi de sanzen en ni narimasu.
含稅共三千圓。

第一章 基本表現日語
第二章 從登機到通關日語
第三章 問路、交通日語
第四章 飯店往宿日語
第五章 用餐日語
第六章 觀光必備日語
第七章 電話、郵局日語
第八章 上街購物日語
第九章 急難救命日語
第十章 準備回國

38

逛禮品店

實況會話練習 1

A：高<ruby>高<rt>たか</rt></ruby>すぎます。
Taka sugi masu.

B：それは<ruby>輸入品<rt>ゆにゅうひん</rt></ruby>ですので。
Sore wa yu ni yuuhin desu node.

A：もう<ruby>少<rt>すこ</rt></ruby>し<ruby>安<rt>やす</rt></ruby>いのはありませんか？
Mō suko shi yasu ino wa ari masenka?

B：そうですね、こちらはいかがでしょうか？
Sōdesune, kochira wa ikagade shouka?

A：太貴了。
B：因為它是舶來品。
A：沒有再便宜一點的嗎？
B：那這個怎麼樣呢？

基本表現日語 第一章

從登機到通關日語 第二章

問路、交通日語 第三章

飯店往宿日語 第四章

用餐日語 第五章

觀光必備日語 第六章

電話、郵局日語 第七章

上街購物日語 第八章

急難救命日語 第九章

準備回國 第十章

實況會話練習 ②

A：これは本物ですか？

Kore wa hon mono desuka?

B：はい、そうです。ご予算は？

Hai, sōdesu. Go yosan wa?

A：安ければ安いほどいいです。

Yasu kereba yasu i hodo ī desu.

B：こちらは複製品ですので、うんと安くなりますよ。

Kochira wa fukusei hin desu node, unto yasu ku nari masuyo.

A：這是真品嗎？
B：是的，您的預算是？
A：越便宜越好。
B：這個是複製品，會更便宜哦！

迷你說明

・你要形容一件東西「太～」，日文句型是「～すぎる (Sugiru)」。只要在前面加形容詞就可以了。例如「大きすぎる (Ōki sugiru)」（太大了）、「小さすぎる (Chīsa sugiru)」（太小了）、「高すぎる (Taka sugiru)」（太貴了、太高了）、「安すぎる (Yasu sugiru)」（太便宜了）。

・不二價的日本商店，其實還是有商討餘地的。討價還價最不可少的就是那一句「もう少し安いのはありませんか. (Mōsukoshi yasu ino wa ari masenka.)」。

177

<ruby>記念<rt>きねん</rt></ruby>になるものはありますか？ Kinen ni naru mono wa ari masuka?	有沒有可以拿來當紀念的東西？
<ruby>高<rt>たか</rt></ruby>すぎます。 Taka sugimasu.	太貴了。
まけてくれたら<ruby>買<rt>か</rt></ruby>ってもいいです。 Makete kuretara katte mo ī desu.	如果算便宜一點，我就買。
<ruby>千円<rt>せんえん</rt></ruby>になりませんか？ Sen en ni nari masenka?	可以算一千圓嗎？
ドルと<ruby>日本円<rt>にほんえん</rt></ruby>を<ruby>混<rt>ま</rt></ruby>ぜて<ruby>払<rt>はら</rt></ruby>ってもいいですか？ Doru to ni hon en o ma ze te haratte mo ī desuka?	我可以用部份美金和部份日幣的方式付錢嗎？
<ruby>免税<rt>めんぜい</rt></ruby>で<ruby>買<rt>か</rt></ruby>えますか？ Menze i de ka e masuka?	可以用免稅方式購買嗎？

補充詞庫

<ruby>陶器<rt>とうき</rt></ruby>	Tōki	瓷器
<ruby>骨董品<rt>こっとうひん</rt></ruby>	Kotsu tōhin	古董
<ruby>見本<rt>みほん</rt></ruby>	Mi hon	樣本
<ruby>飾<rt>かざ</rt></ruby>り<ruby>物<rt>もの</rt></ruby>	Kazari mono	裝飾品
<ruby>保証書<rt>ほしょうしょ</rt></ruby>	Hoshō sho	保證書
おみやげ	Omi yage	土產

挑戰與當地人對話

(1)店　員：これはいかがですか？
　　　　　Kore wa i ka ga desuka?
　　　　　這個如何？

　　あなた：高すぎます。
　　　　　Taka sugi masu.
　　　　　太貴了。

(2)店　員：こちらは千円ぴったりです。
　　　　　Kochira wa sen en pittari desu.
　　　　　這個剛好一千圓。

　　あなた：もう少し安いのはありませんか？
　　　　　Mō suko shi yasu ino wa ari masenka?
　　　　　有沒有再便宜一點的？

(3)あなた：これは本物ですか？
　　　　　Kore wa hon mono desuka?
　　　　　這是真品嗎？

　　店　員：いいえ、複製品です。
　　　　　Īe, fuku seihin desu.
　　　　　不是，這是複製品。

(4)店　員：お客様のご予算は？
　　　　　O kyakusama no go yosan wa?
　　　　　您的預算是？

　　あなた：安ければ安いほどいいです。
　　　　　Yasu kereba yasu i hodo ī desu.
　　　　　越便宜越好。

第一章 基本表現日語
第二章 從登機到通關日語
第三章 問路、交通日語
第四章 飯店住宿日語
第五章 用餐日語
第六章 觀光必備日語
第七章 電話、郵局日語
第八章 上街購物日語
第九章 急難救命日語
第十章 準備回國

39

逛服飾店

實況會話練習 ①

A：そのスカートがほしいのですが。
Sono sukāto ga hoshī no desuga.

B：それはいまはやっていますよ。
Sore wa ima hayatte i masuyo.

A：試着^{しちゃく}してもいいですか？
Shicha ku shite mo ī desuka?

B：ええ、けっこうです。
E e, kekkō desu.

A：我想要那一件裙子。
B：那件現在正流行呢！
A：可以試穿嗎？
B：可以，沒問題。

第一章 基本表現日語

第二章 從登機到通關日語

第三章 問路、交通日語

第四章 飯店往宿日語

第五章 用餐日語

第六章 觀光必備日語

第七章 電話、郵局日語

第八章 上街購物日語

第九章 急難救命日語

第十章 準備回國

實況會話練習 ②

A：もう少し大きいサイズはありますか？

　　Mō suko shi ō kī saizu wa ari masuka?

B：こちらが一番大きいのですが。

　　Kochira ga ichiban ō kī no de suga.

A：ほかの色はありませんか？

　　Hoka no iro wa ari masenka?

B：あります。少々お待ちください。

　　Arimasu. Shōshō o ma chi kudasai.

A：有再大一點的尺寸嗎？
B：這是最大的尺寸。
A：有其它顏色嗎？
B：有，請稍等。

迷你說明

・客人問可不可以試穿，回答「可以，沒問題」時，說「けっこうです
(Kekkōdesu)」。「けっこう (Kekkō)」本來是「好、很好」的意思。但在
一般會話裡有時候用來表示接受，有時候卻用來表示謝絕。因此，根據
當時對話的情景的不同，有時意為「好，可以」。有時候則意為「不，
不夠了，不要了」。

・問店員還有沒有其它的顏色，說「ほかの色はありませんか (Hoka no
iro wa ari masen ka)」。「ほか」是其它之意。

サイズがわからないんです。 Saizu ga wakaranain desu.	我不曉得我的尺寸。
はかってみましょうか？ Hakatte mimashou ka?	要量量看嗎？
これは女性用ですか？ Kore wa josei yō desuka?	這是女用的嗎？
ほかの色はありますか？ Hoka no iro wa ari masuka?	有其它顏色嗎？
ここが少しきつい（ゆるい）です。 Koko ga suko shi kitsui (yu rui) desu.	這個稍微緊（鬆）了一點。
ほかのスタイルはありますか？ Hoka no sutairu wa ari masuka?	有其它款式嗎？

補充詞庫

スカート	Sukāto	裙子
ズボン	Zubon	褲子
ワイシャツ	Wai sha tsu	白襯衫
Ｔシャツ	Tī sha tsu	T恤
ジーパン	Jīpan	牛仔褲
バーゲンセール	Bāgen sēru	大拍賣

挑戰與當地人對話

(1)あなた：このスカートがほしいのですが。
　　　　　Kono sukāto ga hoshī no desuga.
　　　　　我想要這一件裙子。

　　店　員：この形は今はやっていますよ。
　　　　　Kono katachi wa ima hayatte imasuyo.
　　　　　這個款式現在正流行唷！

(2)あなた：試着してもいいですか？
　　　　　Shicha ku shite mo ī desuka?
　　　　　可以試穿嗎？

　　店　員：セール品は試着できません。
　　　　　Sēru-shina wa shicha ku de kimasen.
　　　　　拍賣品不能試穿。

(3)あなた：もう少し大きいサイズはありますか？
　　　　　Mō suko shi ō kī saizu wa ari masuka?
　　　　　有再大一點的尺寸嗎？

　　店　員：こちらはワンサイズです。
　　　　　Kochira wa wan saizu desu.
　　　　　這裡都是單一尺寸。

(4)あなた：ほかの色はありませんか？
　　　　　Hoka no iro wa ari masenka?
　　　　　有其它的顏色嗎？

　　店　員：申しわけございません、この色しかありま
　　　　　せんが。
　　　　　Mō shi wake go za i masen, kono iro　shika ari
　　　　　masenga.
　　　　　非常抱歉，只有這一種顏色。

第一章 基本表現日語
第二章 從登機到通關日語
第三章 問路、交通日語
第四章 飯店住宿日語
第五章 用餐日語
第六章 觀光必備日語
第七章 電話、郵局日語
第八章 上街購物日語
第九章 急難救命日語
第十章 準備回國

40

逛百貨公司

實況會話練習 ①

A：このネックレスを見せてください。
　　Kono nekkuresu o mi sete kudasai.

B：はい、こちらですね。
　　Hai, kochira desu ne.

A：はい。保証書はついていますか？
　　Hai. Hoshōsho wa tsuite i masuka?

B：はい、ついています。
　　Hai, tsuite i masu.

　　A：請讓我看一下這條項鍊。
　　B：好的，是這一條嗎？
　　A：是的，有附保證書嗎？
　　B：有，有附保證書。

第一章 基本表現日語

第二章 從登機到通關日語

第三章 問路、交通日語

第四章 飯店住宿日語

第五章 用餐日語

第六章 觀光必備日語

第七章 電話、郵局日語

第八章 上街購物日語

第九章 急難救命日語

第十章 準備回國

實況會話練習 ②

A：トラベラーズチェックでいいですか？
Toraberā zuchekku de ī desuka?

B：すみませんが、うちはちょっと…。
Sumi masen ga, uchi wa chotto....

A：じゃあ、クレジットカードは？
Jā, kure jitto kādo wa?

B：カードなら大丈夫です。
Kādo nara daijōbu desu.

A：可以用旅行支票嗎？
B：很抱歉，我們這裡不收…
A：那麼，信用卡呢？
B：信用卡就沒問題了。

迷你說明

・拒絕對方或不同意對方的意見時，日本人一般不直接說「だめです
(Damedesu)」（不行）或「きらいです (Kirai desu)」（我不願意），而
是用「ちょっと～(Chotto)」。
・購物時，如果你不中意某樣物品，不管店員是如何熱情地跟你推銷，
不要客氣，請有禮貌地跟店員說：「また来ます (Mata ki masu)」（我
下次再來），「ちょっと考えます (Chotto kangae masu)」（我再考慮一
下），就可以了。

<ruby>貴金属<rt>ききんぞく</rt></ruby>の<ruby>専門店<rt>せんもんてん</rt></ruby>はどこにありますか？ Kikin zo ku no senmon ten wa doko ni ari masuka?	哪裡有貴金屬專門店？
<ruby>紳士服売場<rt>しんしふくうりば</rt></ruby>はどこですか？ Shinshi fuku uriba wa doko desuka?	紳士服飾部在哪裡？
<ruby>口紅<rt>くちべに</rt></ruby>を<ruby>見<rt>み</rt></ruby>せてください。 Kuchi be ni o mi sete kudasai.	請讓我看一下口紅。
くつ<ruby>売場<rt>うりば</rt></ruby>はどこですか？ Kutsu uriba wa doko desuka?	鞋子部門在哪裡？
はいてみてもいいですか？ Haite mite mo ī desuka?	可以試穿嗎？
トイレはどこですか？ Toire wa doko desuka?	廁所在哪裡？

補充詞庫

<ruby>指輪<rt>ゆびわ</rt></ruby>	Yubi wa	戒指
イヤリング	Iyarin gu	耳環
<ruby>化粧品<rt>けしょうひん</rt></ruby>	ke shouhin	化妝品
<ruby>運動靴<rt>うんどうぐつ</rt></ruby>	Undō kutsu	運動鞋
お<ruby>手洗<rt>てあら</rt></ruby>い	O te a rai i	廁所
エレベーター	Erebētā	電梯

挑戰與當地人對話

(1)あなた：このネックレスを見せてください。
Kono nekkure su o mi sete kudasai.
請你讓我看一下這條項鍊。

店　員：はい。いかがでしょうか？
Hai. Ikaga deshou ka?
好的。如何呢？

(2)あなた：保証書はついていますか？
Hoshō sho wa tsuite i masuka?
有附保證書嗎？

店　員：こちらは複製品なので、ついていません。
Kochira wa fukusei hin nanode, tsuite imasen.
因為這是複製品，所以沒有附加保證書。

(3)店　員：お支払いはどうなさいますか？
O shi harai i wa dō na sai masuka?
您要如何付款？

あなた：トラベラーズチェックでいいですか？
Toraberāzu chekku de ī desuka?
可以用旅行支票嗎？

(4)あなた：クレジットカードは？
Kurejitto kādo wa?
可以刷卡嗎？

店　員：カードは手数料がかかりますが。
Ka-do wa tesūryō ga kakari masuga.
刷卡需要手續費。

第一章 基本表現日語
第二章 從登機到通關日語
第三章 問路、交通日語
第四章 飯店住宿日語
第五章 用餐日語
第六章 觀光必備日語
第七章 電話、郵局日語
第八章 上街購物日語
第九章 急難救命日語
第十章 準備回國

41

逛逛商店街

實況會話練習 ①

A：これはなんですか？
Kore hanan desuka?

B：きゅうすです。
Kyūsu desu.

A：なにでできていますか？
Nani de dekite i masuka?

B：九州の特殊な土です。
Kyūshū no toku shi yu na tsu chi desu.

A：這是什麼？
B：茶壺。
A：是用什麼做成的？
B：用九州的特殊黏土。

第一章
基本表現日語

第二章
從登機到通關日語

第三章
問路、交通日語

第四章
飯店往宿日語

第五章
用餐日語

第六章
觀光必備日語

第七章
電話、郵局日語

第八章
上街購物日語

第九章
急難救命日語

第十章
準備回國

實況會話練習 2

A：一個（いちこ）いくらですか？

Ichi ko ikura desuka?

B：二千円（にせんえん）です。

Ni sen en desu.

A：まけてください。

Makete kudasai.

B：じゃあ、千九百円（せんきゅうひゃくえん）でいかがですか？

Jā, senkiyuu hyaku en de i kaga desuka?

A：一個多少錢？

B：二千圓。

A：請算便宜一點。

B：那麼，就算一千九百圓如何？

迷你說明

· 問別人這是用什麼做成的，説「なにでできていますか？（Nani de dekite imasu ka?）」。「で (De)」表示用的材料，相當於中文的「用」。

· 購物時，如果額滿一萬日圓，就可以出示護照打折了。

ワンセットいくらですか？ Wansetto i kura desuka?	一套多少錢？
品質_{ひんしつ}のいいのはどれですか？ Hinshitsu no ī no wa dore desuka?	哪個品質比較好？
ちょっと見_みてるだけです。 Chotto mi teru dake desu.	只是看一看而已。
まけてください。 Makete kudasai.	請算便宜一點。
一番人気_{いちばんにんき}のあるのはどれですか？ Ichiban ninki no aru no wa dore desuka?	現在最受歡迎的是哪一個？
なにかおもしろいものはありますか？ Nani ka omoshiroi mono wa ari masuka?	有什麼有趣的東西嗎？

補充詞庫

地図_{ちず}	Chizu	地圖
フィルム	Firumu	電影
電池_{でんち}	Den chi	電池
割引_{わりびき}	Wari biki	打折扣
一割_{いちわり}	Itsukatsu	打九折
一山_{ひとやま}	Ichi yama	一堆

挑戰與當地人對話

(1)あなた：これはなんですか？
　　　　　Koreha nan desuka?
　　　　　這是什麼？

　店　員：箸です。
　　　　　Hashi desu.
　　　　　筷子。

(2)あなた：なにでできていますか？
　　　　　Nani de dekite i masuka?
　　　　　是用什麼做成的？

　店　員：竹でできています。
　　　　　Take dede kite i masu.
　　　　　用竹子做成的。

(3)あなた：一個いくらですか？
　　　　　Iko ikura desuka?
　　　　　一個多少錢？

　店　員：五百円です。
　　　　　Go hyaku en desu.
　　　　　五百圓。

(4)あなた：まけてください。
　　　　　Makete kudasai.
　　　　　請算便宜一點。

　店　員：すみませんが、これ以上まけられません。
　　　　　Sumimasen ga, kore iji you make rare masen.
　　　　　很抱歉，不能再算便宜了。

第一章 基本表現日語
第二章 從登機到通關日語
第三章 問路、交通日語
第四章 飯店住宿日語
第五章 用餐日語
第六章 觀光必備日語
第七章 電話、郵局日語
第八章 上街購物日語
第九章 急難救命日語
第十章 準備回國

第九章

遭難救命日語

42

身體不舒服了

實況會話練習 ①

A：病院に連れてってください。
Byō in ni tsu re tette kudasai.

B：どうかしましたか？
Dōka shimashita ka?

A：ここがとても痛いのです。
Koko ga totemo ita i nodesu.

B：すぐに病院へ行きましょう。
Sugu ni byō in e i kimashou.

A：請帶我到醫院去。
B：你怎麼了？
A：我這裡非常痛。
B：我們馬上去醫院吧！

第一章 基本表現日語

第二章 從登機到通關日語

第三章 問路、交通日語

第四章 飯店往宿日語

第五章 用餐日語

第六章 觀光必備日語

第七章 電話、郵局日語

第八章 上街購物日語

第九章 急難救命日語

第十章 準備回國

實況會話練習 ②

A：薬をもらえますか？

Kusuri o mora e masuka?

B：はい、三回、一日一回二錠飲んでください。

Hai, san kai , tsuitachi ikkai niji younon de kudasai.

A：わかりました。旅行を続けてもかまいませんか？

Wakarimashita. ri yokou o tsudzu kete mo kama i masenka?

B：大丈夫だと思います。

Daijōbu da to omo imasu.

A：能給我藥嗎？

B：可以。給你三份，一天吃一次，一次吃兩顆。

A：我知道了，我還能繼續旅行嗎？

B：我想應該沒有問題。

迷你說明

· 醫生問病人「身體哪裡不舒服？身體怎麼了？」說：「どうかしましたか.(Dōka shimashita ka.)」。

· 「～てもかまいません.(Te mo kamaimasen.)」表示對對方的某種行為採取寬容、認可或放任的態度。可以譯成：「～也不妨」「～也沒有關係」。

ひどい頭痛がします。 Hidoi zutsū ga shimasu.	我的頭很痛。
のどが痛みます。 Nodo ga ita mimasu.	我喉嚨痛。
吐き気がします。 Wa ki ki ke ga shimasu.	我想吐。
せきが止まりません。 Seki ga to mari masen.	我咳個不停。
便秘（下痢）をしています。 Benpi (geri geri) o shite i masu.	我便秘（拉肚子）了。
薬をもらえますか？ Kusuri o mora e masuka?	可以給我藥嗎？

補充詞庫

風邪	Kaze	感冒
熱	Netsu	發燒
寒気	Samuke	發冷
くしゃみ	Ku shami	打噴嚏
水あたり	Mizu atari	瀉肚子
やけど	Yakedo	燙傷

挑戰與當地人對話

(1)あなた：病院に連れて行ってください。
    Byōin ni tsu re te i tte kudasai.
    請帶我到醫院。

 係　員：大丈夫ですか？
    Daijōbu desu ka?
    你還好吧？

(2)係　員：どうしましたか？
    Dō shimashita ka?
    你怎麼了？

 あなた：ここがとても痛いんです。
    Koko ga totemo ita indesu.
    我這裡非常痛。

(3)あなた：薬をもらえますか？
    Kusuri o mora e masuka?
    能給我藥嗎？

 係　員：アレルギーはありますか？
    Areru gī wa ari masuka?
    你吃藥會過敏嗎？

(4)あなた：旅行を続けてもかまいませんか？
    Riyo kou o tsudzu kete mo kama i masenka?
    我可以繼續旅行嗎？

 係　員：無理です。少し休まないと。
    Muri desu. Suko shi yasu ma nai to.
    不可能的，你得休息一陣子。

第一章 基本表現日語
第二章 從登機到通關日語
第三章 問路、交通日語
第四章 飯店往宿日語
第五章 用餐日語
第六章 觀光必備日語
第七章 電話、郵局日語
第八章 上街購物日語
第九章 急難救命日語
第十章 準備回國

43

我被扒了

實況會話練習 ①

A：警察を呼んでください。
けいさつ　　　　よ
Kei satsu o yon de kudasai.

B：どうしましたか？
Dō shimashita ka?

A：財布をすられました。
さいふ
Sai fu o sura re mashita.

B：交番に行きましょう。
こうばん　　い
Kō ban ni i ki mashou.

A：請叫警察來。
B：怎麼了？
A：我的錢包被扒了。
B：我們去派出所吧！

實況會話練習 ②

A：どうかしましたか？
　　Dōka shi mashitaka?

B：パスポートをなくしました。
　　Pasupō to o naku shi mashita.

A：それはたいへんですね。
　　Sore wa taihen desune.

B：どうすればいいですか？
　　Dōsureba ī desuka?

　　A：你怎麼了？
　　B：我的護照弄丟了。
　　A：那真是太糟了。
　　B：我該怎麼辦？

迷你說明

· 錢包被扒了説「財布をすられました.(Sai fu o sura re mashita.)」，「する (Suru)」的被動形是「すられる (Sura reru)」。

· 問別人該怎麼辦才好呢？説「どうすればいいですか. (Dōsureba ī desuka)」。

199

第一章 基本表現日語
第二章 從登機到通關日語
第三章 問路、交通日語
第四章 飯店往宿日語
第五章 用餐日語
第六章 觀光必備日語
第七章 電話、郵局日語
第八章 上街購物日語
第九章 急難救命日語
第十章 準備回國

警察を呼んで！ Kei-satsu o yonde!	趕快叫警察！
助けて！ Tasu kete!	救命啊！
ここに黒いカバンがありませんでしたか？ Koko ni kuro i kaban ga ari masen de shitaka?	這裡有沒有黑色的袋子？
アメリカ大使館の電話番号を調べてもらえませんか？ Amerika taishi kan no denwa ban gou o shira bete mora e masen ka?	可以幫我查美國大使館的電話號碼嗎？
中国語の話せる人はいますか？ Chūgokugo no hana seru hito wa i masuka?	有沒有人會説中國話呢？
再発行してもらえますか？ Sai hakkō shite mo ra e masuka?	可以幫我補發嗎？

補充詞庫

財布	Saifu	錢包
パスポート	Pasupōto	護照
航空券	Kōkū ken	機票
なくす	Nakusu	遺失
紛失届	Fun shitsu to doke	遺失申報
連絡	Ren raku	連絡

挑戰與當地人對話

(1)あなた：警察を呼んでください。すりです。
  Kei satsu o yon de kudasai. Suridesu.
  請叫警察來！有扒手！

  係　員：犯人を見ましたか？
  Han nin o mi ma shitaka?
  你有看到犯人嗎？

(2)あなた：財布をすられました。
  Saifu o sura re mashita.
  我的錢包被扒了。

  係　員：どこでですか？
  Dokode desuka?
  在哪裡？

(3)係　員：王さん、なにを探しているのですか？
  Ō san, nani o sa ga shite iru no desuka?
  王先生，你在找什麼？

  あなた：パスポートをなくしました。
  Pasupōto o nakushi mashita.
  我的護照不見了。

(4)あなた：どうすればいいですか？
  Dōsureba ī desuka?
  我該怎麼辦？

  係　員：とりあえず紛失届を出しましょう。
  Toriaezu funshitsu todoke o da shimashou.
  首先，提出遺失申報吧！

第一章 基本表現日語
第二章 從登機到通關日語
第三章 問路、交通日語
第四章 飯店往宿日語
第五章 用餐日語
第六章 觀光必備日語
第七章 電話、郵局日語
第八章 上街購物日語
第九章 急難救命日語
第十章 準備回國

第十章

準備回國

44

確認回國機票座位

實況會話練習 ①

A：はい、ノースウエスト航空<ruby>航空<rt>こうくう</rt></ruby>でございます。
　　Hai, nōsuuesuto kōkū (kōkū)degozaimasu.

B：<ruby>予約<rt>よやく</rt></ruby>をお<ruby>願<rt>ねが</rt></ruby>いします。
　　Yo yaku o o nega i shimasu.

A：いつの、どこ<ruby>行<rt>い</rt></ruby>きの<ruby>便<rt>びん</rt></ruby>ですか？
　　Itsu no, doko i kino bin desuka?

B：<ruby>八月十九日<rt>はちがつじゅうきゅうにち</rt></ruby>、<ruby>台湾<rt>たいわん</rt></ruby>行き、エコノミーをお<ruby>願<rt>ねが</rt></ruby>いします。
　　Hachigatsu jū kyū nichi, Taiwan-yuki, ekonomī o o nega i shimasu.

A：你好，這裡是西北航空。
B：我想預約。
A：什麼時候？往哪裡的班機呢？
B：八月十九日到台灣，經濟艙。

第一章 基本表現日語

第二章 從登機到通關日語

第三章 問路、交通日語

第四章 飯店往宿日語

第五章 用餐日語

第六章 觀光必備日語

第七章 電話、郵局日語

第八章 上街購物日語

第九章 急難救命日語

第十章 準備回國

實況會話練習 ②

A：リコンファームをしたいのですが。

Rikonfāmu o shitai nodesuga.

B：はい。チケットナンバーとお名前をお願いします。

Hai. Chikettonanbā to o na mae o o nega i shimasu.

A：Ｍ１２３４５６７８，Ｗangです。

M 12345678, wangu desu

B：はい、十九日の出発一時間前にチェックインしてください。

Hai, jū kyū nichi no shuppatsu ichijikanmae ni chi ekkuin shite kudasai.

A：我想確認班機。

B：好的，麻煩給我機票的號碼和姓名。

A：M12345678，我姓王

B：好了，請在十九日出發前一小時登記劃位。

迷你說明

・一般公司行號接電話時，開頭先說「はい (Hai)」，接下來說自己公司名「ノースウエストでございます (Nōsuuesuto de gozaimasu)」。

・如果是早上，大約十點以前，就可以用「おはようございます (Ohayō goza i masu)」來代替「はい (Hai)」。電話鈴響稍微久了，拿起電話先有禮貌地說：「大変お待たせしました. (Taihen o ma ta se shimashita.)」（讓您久等了。），再報上公司名。

有可能這樣說・問

予約の変更をお願いします。 Yoyaku no henkō o o nega i shi masu.	我要更改預約。
出発時刻を確認したいのですが。 Shuppatsu jikoku o kaku nin shitai no desuga.	我想確認出發的時間。
何時までにチェックインすればいいですか？ Itsu made ni chekkuin sureba ī desuka?	幾點以前必須登記劃位呢？
TCAT（ティーキャット）でチェックインできますか？ TCAT (tīkyatto) de chekkuin deki masuka?	可以在TCAT登記嗎？
チェックインするとき、どんな書類が必要ですか？ Chekkuin suru toki, don'na sho rui ga hitsu yō desuka?	登記劃位時需要什麼資料呢？
航空券とパスポートだけでいいですか？ Kōkūken to pasupōto dakede ī desuka?	只要機票和護照就可以了嗎？

補充詞庫

変更	Henkō	更改
ビジネスクラス	Bijinesu kurasu	商務客艙
お名前	Ona mae	姓名
ご住所	Go jū sho	住址

第一章 基本表現日語

第二章 從登機到通關日語

第三章 問路、交通日語

第四章 飯店住宿日語

第五章 用餐日語

第六章 觀光必備日語

第七章 電話、郵局日語

第八章 上街購物日語

第九章 急難救命日語

第十章 準備回國

| ご連絡先 | Go renraku sen | 連絡電話和住址 |
| チケットナンバー | Chiketto nan bā | 機票號碼 |

挑戰與當地人對話

(1)係　員：はい、日本アジア航空でございます。
Hai, Ni hon Ajia kōkū de gozaimasu.
你好，這裡是日亞航。

あなた：予約をしたいのですが。
Yo yaku o shitai no desuga.
我想預約。

(2)係　員：お時間と行き先は？
O ji kan to i kisaki (saki) wa?
出發時間和地點呢？

あなた：八月十九日、台湾行き、エコノミー一枚です。
Wa chi gatsuji　yuukyuunichi, Taiwan yuki, ekonomī i chimai desu.
八月十九日到台灣，經濟艙。

(3)あなた：リコンファームをしたいのですが。
Rikonfāmu o shitai no desuga.
我想確認我的班機。

係　員：今年の一月からリコンファームは必要なく
　　　　なりました。
Kotoshi no ichi gatsu kara rikonfāmu wa hitsu yō
nakuna ri mashita.
本公司從今年一月開始不需要確認班機。

(4)係　員：チケットの番号とお名前をお願いします。
　　　　Chiketto no bangō to o na mae o o nega i shimasu.
麻煩給我機票的號碼和姓名。

あなた：M12345678，Wangです。
M 12345678, wangu desu.
M12345678，我姓王。

208

45 從通關到登機

第一章 基本表現日語

第二章 從登機到通關日語

第三章 問路・交通日語

第四章 飯店往宿日語

第五章 用餐日語

第六章 觀光必備日語

第七章 電話、郵局日語

第八章 上街購物日語

第九章 急難救命日語

第十章 準備回國

實況會話練習 ①

A：日本航空のカウンターはここですか？

Ni hon kōkū no kauntā wa koko desuka?

B：はい、そうです。何便にお乗りになりますか？

Hai,sōdesu. Nani bin ni o no ri ni nari masuka?

A：３０１便の台湾行きに乗ります。

301 bin no Taiwan yuki ki ni no ri masu

B：ここでけっこうです。パスポートを拝見します。

Koko de kekkōdesu. Pasupōto o haiken shimasu.

A：日亞航的櫃檯是這裡嗎？

B：是的，您是搭乘哪一個班機呢？

A：301班機，飛往台灣。

B：在這裡沒有錯，請給我看您的護照。

實況會話練習 ②

A：二つです。

Futa tsu desu.

B：ちょっとオーバーしていますね。

Chotto ō bā shite i masune.

A：一人何キロまでですか？

Hito ri nan kiro ma de desuka?

B：二十キロまでです。

Ni jū kiro made desu.

A：有兩件。

B：稍微超重了一些。

A：一個人限制幾公斤呢？

B：二十公斤。

第一章 基本表現日語

第二章 從登機到通關日語

第三章 問路、交通日語

第四章 飯店往宿日語

第五章 用餐日語

第六章 觀光必備日語

第七章 電話、郵局日語

第八章 上街購物日語

第九章 急難救命日語

第十章 準備回國

迷你說明

・日本謙讓語中有交替形式的說法，例如「見る (Miru)」用「拝見する (Haiken suru)」（看），「くる (Kuru)」用「まいる (Mairu)」（來），「する (Suru)」用「いたす (Itasu)」（做）。也就是以專用的謙讓與來代替一般的用語。

有可能這樣說・問

チェックインをお願いします。 Chekku in o o nega i shi masu.	我要登記劃位。
通路側（窓側）にしてください。 Tsū ro gawa (mado ga wa) ni shite kudasai.	請給我靠走道的位置。
搭乗口は何番ですか？ Tōji you gu chi wa nan ban desuka?	登機門是幾號？
定刻の出発ですか？ Teikoku no shuppatsu desuka?	準時起飛嗎？
搭乗時刻は何時ですか？ Tōji youjikoku wa itsu desuka?	登機時間是幾點呢？
出国審査はどこですか？ Shiyukko kushinsa wa do ko desuka?	出境審查在哪裡？

こくさいせん 国際線	Kokusaisen	國際航線
こくないせん 国内線	Kokunaisen	國內航線
じょうきゃく 乗　客	Jōkyaku	乘客
とうじょうけん 搭乗券	Tōji you ken	登機證
とうじょう 搭乗ゲート	Tōjiyou gēto	登機門
タグ	Tagu	托運行李存根

挑戰與當地人對話

(1)あなた：日本アジア航空のカウンターはここです
　　　　　か？
Nihon Ajia kōkū no kauntā wa koko desuka?
日本亞細亞航空的櫃檯是在這裡嗎？

　係　員：いいえ、隣になります。
Īe, tonari ni nari masu.
不是，在隔壁。

(2)係　員：お客様の行き先は？
O kyaku sama no i ki saki wa?
您飛往哪裡呢？

あなた：３０１便台湾行きに乗ります。
さんまるいちびんたいわん ゆ の
301Bin Taiwan iki ni no ri masu.
我搭301班機飛往台灣。

(3)係　員：お客様、預ける荷物はいくつですか？
きゃくさま あず にもつ
O kyaku sama, azu keru nimotsu wa ikutsu desuka?
您要托運的行李有幾件？

あなた：二つです。
ふた
Futatsu desu.
兩件。

(4)あなた：一人何キロまでですか？
ひとりなん き ろ
Hito ri nan kiro ma de desuka?
一個人限制幾公斤？

係　員：二十キロですが、今日はサービスしま
にじゅう き ろ きょう
しょう。
Ni jū kiro desuga, kyō wa sābisu shimashou.
二十公斤，不過今天給你優惠。

第一章 基本表現日語
第二章 從登機到通關日語
第三章 問路、交通日語
第四章 飯店住宿日語
第五章 用餐日語
第六章 觀光必備日語
第七章 電話、郵局日語
第八章 上街購物日語
第九章 急難救命日語
第十章 準備回國

附錄

萬全準備自助旅遊

日本人天天用---打招呼用語

❖ おはようございます。
ohayou gozaimasu
早安！

❖ こんにちは。
konnitiwa
午安！

❖ こんばんは。
konban wa
晚安！

❖ さようなら。
sayounara
再見！

❖ ありがとうございます。
arigatou gozaimasu
謝謝！

❖ どういたしまして。
dou itasi masite
不客氣！

216

❖ おやすみなさい。
o yasumi nasai
晚安！

❖ ごめんなさい。
gomen nasai
對不起！

❖ すいません。
suimasen
不好意思！

❖ よろしくお願いします。
yorosiku onegai simasu
請多指教！

❖ お元気ですか？
ogenki desuka
你好嗎？

❖ お蔭様で、元気です。
okage samade, genki desu
托您的福，我很好。

❖ はじめまして、よろしくお願いします。

hazimemasite, yorosiku onegai simasu

初次見面，請多關照。

❖ お久しぶりです。

ohisasi buri desu

好久不見。

❖ また、後で。

mata, ato de

改天見。

❖ お先に失礼します。

o saki ni siturei simasu

我先走了。

❖ また、連絡してください。

mata, renraku site kudasai

請保持聯絡。

❖ 心配してくださって、ありがとうございます。

sinpai site kudasatte, arigatou gozaimasu

謝謝關心。

❖ お<ruby>会<rt>あ</rt></ruby>いできてうれしいです。

oai dekite uresii desu

很高興見到你。

❖ <ruby>遠慮<rt>えんりょ</rt></ruby>しないでください。

enryo sinaide kudasai

請不要見怪。

❖ お<ruby>忙<rt>いそが</rt></ruby>しいですか？

o isogasii desuka

忙不忙？

　　日本人是非常注重禮儀的民族，無論何時遇到熟人，都必定要互相打招呼。早上遇到時說「おはようございます。」，白天遇到時說「こんにちは。」，黃昏之後遇到時說「こんばんは。」

　　多數的日本人熱愛大自然，對天氣的變化特別敏感，因此一般對話中常會出現有關天氣的寒暄話題，談論天氣也能使閒談進行得更為順暢。

赴日旅遊的事前準備

日本列島地處亞洲東部太平洋上，國土南北狹長，由主要的四個島（北海道、本州、四國、九州）及四千多個小島所組成。跨越亞寒帶和亞熱帶，四季風景呈現多彩多姿的變化，自然環境優美，旅遊資源豐富。二千年的歷史為日本留下許多古蹟及文物，漫遊日本列島可領略日本獨特的文化，亦可飽覽自然風光與世界遺產，感受日本旅遊的無限樂趣。

當你手裡握著護照、機票，內心的欣喜雀躍完全無法隱藏，愉快的日本遊行程即將展開。親愛的讀者，出門之前，提醒您先花一點點時間了解一些對旅途有所助益的資訊，就能讓整趟旅行更加順利，回憶也會更美麗喔！

行前準備時，您不妨先蒐集相關的資訊，如：旅遊地點的氣象、銀行匯率、出入境機場規定及交通資訊等，不但能有效的協助您妥善的規劃旅遊行程，還能提供抵達日本後的旅遊資訊。東京、京都、大阪、橫濱、福岡、札幌、箱根、沖繩都是非常熱門的旅遊地點。

◎ 辦簽證

出國旅行前一定要先檢查護照的有效期是否在半年以上，否則到了機場，別人快快樂樂的登機出發了，而你卻因為證件不符合規定，只能拖著行李打道回府，那種感覺可不只是「掃興」兩字可以形容的。

從二〇〇五年日本舉辦愛知博覽會開始，日本給予臺灣人民單次觀光免簽證（短期停留九十天）的方便，前往日本旅遊不需要辦理簽證，只需持六個月以上有效期之護照即可入境日本。

> 日本交流協會
> 臺北市松山區慶城街28號（通泰商業大樓）
> 電話：(02)2713-8000（總機）
> 傳真：(02)2713-8787

日本的其他種類簽證根據目的不同，分為長期簽證和短期簽證兩種。停留期限一年以下為短期簽證，短期簽證包括探親簽證和觀光簽證。一年以上（最長三年）為長期簽證，長期簽證主要包括留學簽證、學術交流簽證、教育傳授簽證、普通工作簽證、高級勞務簽證。還有數種特殊簽證，如日本孤兒、日本人的中國配偶，以及公務的外交、新聞、貿易簽證等。

● 辦理簽證必備資料

1. 半年以上有效期之護照正本。

2. 半年內拍攝正面脫帽、無背景二吋相片一張。

3. 身分證正本及影本（正、反面）一份。

4. 財團法人交流協會台北事務制定之申請表及受理領證憑單一份。

*因簽證種類不同，必要時有可能要求追加其他相關資料。

*簽證自申請日起至領取日止，必須由簽發機構暫時保管申請者的護照。

● 簽證申請機構

簽證申請可到以下機構或委託旅行社辦理。

財團法人交流協會台北事務所
地址：臺北市慶城街28號（通泰商業大樓）
電話：(02)2713-8000（代表）
傳真：(02)2713-8787
網址：www.japan-taipei.org.tw/tw/index.html
受理時間：星期一至星期五，上午09:15～11:30，下午14:00～
16:00

財團法人交流協會高雄事務所
地址：高雄市苓雅區和平一路87號10樓（南和和平大樓）
電話：(07)771-4008（代表）
傳真：(07)771-2734
網址：www.koryutk.org.tw/indext.htm
受理時間：星期一至星期五，上午09:15～11:30，下午14:00～
16:00
管轄範圍：雲林縣、嘉義縣、台南市、台南縣、高雄市、高雄
　　　　　縣、屏東縣、台東縣、澎湖縣

＊ 星期五下午不受理簽證申請，僅辦理發證業務。逢台灣國定假日
　 及部分日本國定假日，事務所將休假，暫停業務。

◎ 錢幣兌換

在日本流通的錢幣為日圓。日圓分紙鈔和硬幣兩種。紙鈔有一萬日圓、五千日圓、二千日圓和一千日圓四種。硬幣有五百日圓、一百日圓、五十日圓、十日圓、五日圓和一日圓六種。日圓紙鈔薄又結實，有很多防偽設計。例如二千日圓紙鈔上，除畫面的圖案以外，正面還可以看到隱畫的建築物，正側面可以看到（紙鈔和視線保持水平時）左下角有隱形字2000，右上角有隱形字日本等。

二○○四年，日本發行新紙鈔，女性人物首次出現在紙鈔上。一千日圓紙鈔的正面人物為細菌學家野口英世，五千日圓紙鈔為女文學家樋口一葉，一萬日圓紙鈔為思想家福澤諭吉。

日本各國際機場、銀行、飯店等都有外幣兌換服務，但銀行的營業時間為上午九點至下午三點。美元、英鎊、法郎、港幣等外幣均可兌換成日幣，人民幣目前只限在東京成田的指定銀行、大阪關西國際機場和大城市的指定銀行等處才可以兌換。新台幣兌換日圓的匯率約為3:1。

　　在日本，只要持有國際通用的信用卡，即可到各家銀行的自動提款機提領現金，一般營業時間到晚上九點止，也可以使用旅行支票兌換日幣。

　　在日本兌換外幣要付手續費，比台灣的手續費略高一些，尤其是在機場，建議最好在出發前確認所在地銀行與日本銀行的匯率牌價和手續費差價，選擇手續費便宜的地點兌換。

緊急應變措施及電話號碼

護照丟失

　　請與有關機構聯繫，台灣旅客緊急電話：03-3280-7821。

財物被盜

　　旅行中當遇到物品被盜時，請撥叫110（警察局）或到附近的警察署通報。如果旅行支票或信用卡被盜，請立即與銀行或信用卡公司取得聯繫，辦理掛失。

物品遺失

　　物品遺失時，請及時向警察機關通報，當物品找到時警察機關會主動通知失主。失主不明的遺失物品，大約在五～十四天之內集中保管。警視廳物品遺失中心電話：03-3814-4151，地址：東京都文京區後樂1-9-11。

交通事故

　　請撥打110（警察局）通報事故情況，叫警察前來處現場。記下肇事人的姓名、地址、電話、年齡、車號及駕駛執照號碼。如有受傷之處（即使是輕傷），最好立刻去醫院進行檢

查，以防後患。

● 受傷和急病

請撥叫119（救護車），日本的救護車任何人都可免費使用。請務必說明何人有何身體不適的狀況，並提供聯繫的姓名、地址、電話等。如患者不是打電話者，請及時通知患者親屬或朋友。

● 地震

日本是個多地震的國家，平均每個月都會有二～三級地震。當地震發生時，請不要驚慌，注意瞭解地震資訊。住宿酒店時，首先確認距離房間最近的緊急避難通道，以便在發生地震時，能迅速脫離危險區。如果遇到大地震，日本各地區都有固定的避難場所。

● 火災

日本房屋以木質結構較多，火災發生率較高。因此無論是公共場所或私人住宅，都備有各種滅火器，火勢不大時，可自行擔任消防員，使用滅火器滅火，並同時撥打119（火警），通報火勢、地址、電話和姓名，呼叫消防隊前來滅火。

旅遊服務中心(TIC)

　　成田、關西等國際機場裡設有旅遊服務中心(TIC)。外國旅客者可以索取地圖，同時提供洽商或日本的旅行計畫，還有有關旅遊交通資訊、住宿設施介紹等各種觀光指南。在旅客服務中心有會講許多國家語言的工作人員，台灣旅客可以多加利用。

旅遊服務中心服務項目：

＊針對外國旅客提供日本旅行指南

＊提供外國語文版本（包括繁體中文）的觀光指南及地圖

＊答覆外國旅客以電話或書面詢問的問題

成田國際機場服務處	〒282-0004 千葉縣新東京國際機場第2航站1樓 TEL：0476-34-6251
新東京國際機場服務處（分處）	〒282-0011 千葉縣新東京國際機場第1航站1樓 TEL：0476-30-3383

TIC東京服務處	〒100-0006 東京都千代田區有樂町 2-10-1　東京交通會館10樓 TEL : 03-3201-3331
TIC京都服務處	〒600-8216 京都府京都市下京區烏丸通 七條下 京都鐵塔大樓1樓 TEL : 075-371-5649
關西觀光情報中心	〒549-0011 大阪府關西國際機場旅客到 達航站 TEL : 0724-56-6025

※服務處

　　針對海外訪日旅客，提供觀光遊覽及情報資訊的服務處叫做「i服務處」。「i服務處」與旅客服務中心攜手合作，提供外國旅客必要的資訊。

　　有 標誌的服務處為「i服務處」，「i服務處」大多設在重要的車站和市中心地區。值得一看的觀光景點及關於交通的問題，尋找住宿地點等都可以多加利用。

打包行李的方法

※行李箱

如果要使用行李箱，最好選擇可以上鎖和附輪子的。如果是一個人，單手拖動的「航空行李箱」是再好不過的選擇。如果您預計自己可能會買很多名產或紀念品，最好可以將行李箱空出三分之一的空間，以便日後利用。

由於航空托運有限制重量（一個人二十公斤），所以在打包前，請先秤秤看空箱有多重。如果您除了觀光之外，還想大大地採購一番，編者建議您可以使用背包，除此還可以順便帶幾個折疊式的袋子和旅行用小拖車。

※攜帶衣物打包法

不同的季節和氣候，所攜帶的衣物就各有不同。如果是冬天去日本，盡量帶輕便又保暖的衣物，再加上防風外套。另外，由於日本氣候較乾燥，最好可以帶滋潤霜及護唇膏。如果不易皺的衣物、T-Shirt及內衣等，可以用捲的方式打包，這樣便能節省空間。小東西盡量以透明袋子裝，在尋找時便可一目瞭然，迅速找到自己要的東西。

最重要	護照	確認是否已申請好簽證。
	機票（出發注意說明書）	團體票有可能在機場索取。
	現金	盡量在台灣就換好，以免在日本境內換不到。
	旅行支票	仔細詢問銀行員為佳。
	信用卡	有時候也可以當作身份證明的資料用。
	旅行保險證	除了意外之外，有附加疾病保險更佳。
	國際駕照	想租車時必備基本資料。
重　要	護照	照片、出生年月日部分複印。
	機票	複印一份。
	洗滌用品	一般旅館內，沒有洗髮乳的。
	衣物	有些飯館要求穿西裝，準備一套西裝及一條領帶。
	內衣	免洗內衣褲較方便。
	睡衣	T恤共用。
	雨具	輕便小折。
	化妝品	旅行專用。也可向在日本的化妝專櫃索取試用品。
	文具	可供旅途中記錄用。
	照相機	軟片最好在台灣買較便宜。
	地圖、旅遊指南	附有中日文為佳。
	攜帶型熨斗	有些飯店是不提供熨斗。
次　要	手電筒	以防停電，或有洞穴的觀光區用。
	護唇膏	日本氣候較乾燥需注意。
	防曬油	夏季旅行時必備品。
	泳衣	觀光遊樂區多的日本，有可能會用到。
	殺蟲劑	怕蚊蟲的人必備。

日語系列：09

到日本玩：自助旅行日語

合著／朱讌欣　渡邊由里
出版者／哈福企業有限公司
地址／新北市中和區景新街 347 號 11 樓之 6
電話／(02) 2945-6285　傳真／(02) 2945-6986
郵政劃撥／31598840　戶名／哈福企業有限公司
出版日期／2014 年 12 月 再版五刷／2018 年 9 月
定價／NT$ 249 元 (附 MP3)

全球華文國際市場總代理／采舍國際有限公司
地址／新北市中和區中山路 2 段 366 巷 10 號 3 樓
電話／(02) 8245-8786　傳真／(02) 8245-8718
網址／www.silkbook.com　新絲路華文網

香港澳門總經銷／和平圖書有限公司
地址／香港柴灣嘉業街 12 號百樂門大廈 17 樓
電話／(852) 2804-6687　傳真／(852) 2804-6409
定價／港幣 83 元 (附 MP3)

email／haanet68@Gmail.com
網址／Haa-net.com
facebook／Haa-net 哈福網路商城

國家圖書館出版品預行編目資料

到日本玩：自助旅行日語 / 朱讌欣, 渡邊由里合著. -- 新
北市：哈福企業, 2014.12
　面；　公分. --(日語系列；09)

ISBN 978-986-5972-83-7(平裝附光碟片)

1.日語 2.自助旅行 3.會話

803.188　　　　　　　　　　　　　　　103024160

Häa-net.com
哈福網路商城

Häa-net.com
哈福網路商城

Häa-net.com

哈福網路商城

Häa-net.com
哈福網路商城